每個人的心中都有一個崇高的愛情，
現實卻往往是另一回事。

我把我所有的憧憬、我的信念、
我的感情和我所有的遺憾，
都放在我的小說裡。

那個崇高的愛情，即使落空了，
我們已經走過了高山和低谷，
了解到人生的荒謬與甜蜜。

張小嫻

Loyalty, Love's Betrayer

張小嫻

麵包樹出走了

NETNTS

CONETNTS

CO

【序】

年輕的愛情

《麵包樹上的女人》是我在一九九四年寫的長篇小說，也是我第一個長篇。六年了，六年的日子風捲雲散。我一直也在想，書中的主角會變成怎樣呢？小說已經寫完了，書裡的人物卻在我心裡成長，有了自己的生命。程韻還是會癡癡的愛著林方文嗎？林方文還是依然故我嗎？他們的成長，也同時是我自己的成長。

多少年了，一直有讀者問我，程韻和林方文是不是會從此快樂地生活下去？對於這個問題，我從來沒有樂觀的想法。他們太年輕了，這麼年輕便開始的愛情，總是要面對許多考驗和挫敗的。他們距離長相廝守，還是太遙遠了。

看過《麵包樹上的女人》的讀者，尤其是女孩子，一直厚愛林方文。我常常想，林方文有甚麼可愛的地方呢？是他的才華、他的率眞，還是他的背叛？我們年少的時候，也會像程韻一樣，無悔地選擇林方文。然而，當我們長大了，我們也許不會愛上像林方文這樣的男人了。林方文是夢想裡的男人。現實生活，他卻太不可靠了。女孩子們愛著林方文，也許是我們太知道了，他不會是現實生活裡的選擇。唯有在小說裡，我們才能夠執迷地愛著這樣的一個男人。

執筆寫《麵包樹上的女人》時，一切還是很生澀。書裡的情節和人物，也的確是我中學時代的生活和我身邊的同學。後來再見到她們，畢竟有點尷尬。這部小說先後在台灣、新加坡和馬來西亞出版，九八年翻譯成韓文，今年之內，也會在大陸出版。年初我到北京的時候，許多讀者早已經從另外一些渠道讀過這本小說了，而且提出很多問題。有趣的是，他們會問我：『你就是寫《麵包樹上的女人》的那個人嗎？』似乎我已經等同了《麵包樹上的女人》。也許，並不是因爲我寫得特別好，而是我們每一個人，都懷念成長的歲月。雖然那段日子已經遠遠一去不可回了，卻是生命裡悠長的記憶。

六年後再寫《麵包樹出走了》，寫的也是我自己的成長和轉變。程韻和林方文將會變成怎樣呢？我自己也好奇。六年來，我所相信的愛情也有一點改變了，他們也是一樣吧？我們尋覓的，到底是怎樣的愛情呢？是自我完成還是長相廝守？

小說裡，林方文所寫的歌詞，是我的好朋友鍾偉民在一九八〇年到一九九〇年間所寫的詩，摘錄自他的詩集《回憶》。我要感謝他把那麼美麗的詩慷慨借給我。他並且跟我說：『不合用的話，我另外替你寫幾首。』眞的太令我感動了。寫《麵包樹上的女人》時，也是把他的詩變成歌詞。一天，他的舊情人看了我的書，問他：『爲甚麼你的詩會出現在她的書裡？』害得他要費一番唇舌解釋。我卻羨慕他有一個仍然那麼關心他的舊情人。年少時候的戀愛，總是會一輩子回味和懷念的。有一天，當我們年老，也不會忘記，我們曾經那樣眞摰地愛過一個人。

愛情到底是吞噬還是回吐呢？有時候，我想把你吞下肚裡去，永不分離。有時候，我卻想把你吐出來，還你自由，也還我自由。

在那遙遠的島國

Loyalty,
Love's Betraye

1

告訴我，最藍最藍的，是哪一片天空？
當我們的腳印都消失了，南極企鵝說，
是撫平雪地的那一片天空。

最藍最藍的天空，溶在北冰洋的風浪裡。
鯀魚這麼說，鯨魚也這麼說，
天空，是浸藍了水草，浸藍了
遺落在那裡的眼淚的天空。

在東方的草原，每一株月桂，每一株

麵包樹，都隔著永不相見的距離；
花果落了，每一株，還是懷抱著
最濃最濃的思念，攀向最藍最藍的天空。

我問你，最藍最藍的，是企鵝的天空？
鯨魚的天空，還是麵包樹的天空？
你卻回答：那裡離鷹鷲最近，離煩愁最遠；
是你童年的天空，是籠蓋西藏的天空。

都過去了，年輕的歲月，以爲
所有的離別，都只爲了重逢；
當我靠近你，最後一次靠近你，

在我心裡，我說，也有過一片最藍的天空，

因爲你，那年，天很高；樹，綠得蔥蘢。

2

一九九二年除夕，我和林方文又再走在一起了。只是，我也不知道，哪一天他會再一次離我而去。

那是一九九三年夏天一個下著大雷雨的晚上。他送我回去跑馬地黃泥涌道的家。雨很大，我們站在一棵老榕樹下面避雨。我指著自己的胸口跟他說：

『我身上穿的，是一個有鋼絲的胸罩。』

他用手掃了掃我濕透了的背，問我：

『那又怎樣？』

『萬一我給雷打中了，我便會死，而我現在握著你的手，你也會跟我死在一塊。』

『那我們豈不是變成霹靂雷電俠？』他笑著說。

『九七年六月三十日，香港回歸祖國的前夕，我們還會在一起嗎？』

『如果一會兒我們沒有被雷打中的話——』他抬頭望著天空。

那個時候，我沒有想到，香港回歸的前夕，竟也是下著這天晚上一樣大的雷雨。

『那麼，一九九九年十二月三十一日，我們還會在一起嗎？』我問他。

他笑了：『如果你現在願意把身上的鋼絲胸罩脫下來，我們不用死的話，也許不是沒有可能的。』

每次說到這些事情，他總是不正經的。

『我可以不要你，但我要千禧年的除夕之歌。你答應了的。』

『你要歌不要人？』

『歌比人長久。』我說。

那一刻，千禧年還是很遙遠的事。有時候，我不知道我們生在這個時代，是幸福還是不幸。一千年的時候，我們還沒有來到這個世上；三千年的那天，我們也不可能仍然活著。年輕的我們，能夠看到二千年的降臨。偏偏因爲有這麼一個日子，我們很害怕到時候孤單一個人。

『程韻，你眞是個麻煩的人。』林方文說。

『是的，我是來找你麻煩的。』我說。

『你見過麵包樹嗎？』我問他。

他搖了搖頭。

『我見過一次，是在泰國。』我說，『麵包樹開花的時候，那花像麵包，有雄花和雌花。』

『雄花和雌花？』

『是的，有雄花便有雌花。有男人便有女人。』

忽然，轟隆的一聲，打雷了。

『走吧！』他拉著我的手。

『還在下雨呢！』我說。

『打雷的時候站在樹下，是想找死嗎？我可不願意明天的新聞說，著名填詞人林放死於女朋友的一個鋼絲胸罩之下。』

『你不要拉著我的手便沒事了。』

『你才不會放過我。』

『如果我死了，你會哭嗎？』我問。

他並沒有回答我。如果我真的死了，他是不可能不流淚的吧？訣別，在我們之間，是難以想像的。

『你放過我吧！』他終於回答了。

『才不呢！』我說。

如果愛他是一種沉溺，我也許還願意沉溺一輩子。

3

那個下雨天之後不久，林方文發掘了一個女孩子，她的名字叫葛米兒。那個時候，林方文的工作室已經拆夥了，他一個人做著填詞的工作，而且已經很有名氣。葛米兒是毛遂自薦的。唱片公司每天也收到許多做歌星夢的男女寄來的錄音帶，沒有人眞的會去聽。一天，林方文無意中在唱片監製葉和田的辦公室裡看到葛米兒寄來的錄音帶。她的錄音帶跟其他人的很不同，是放在一個椰子殼裡面的。林方文這個人，最喜歡奇怪的東西。

『你想聽的話，拿回去慢慢聽吧！』葉和田把錄音帶和椰子殼一併送了給林方文。

那天晚上，林方文把椰子殼給了我。

『用來喝水也不錯。』他說。

他把錄音帶放到唱機裡，一把低沉的女聲驀地流轉。唱的是林方文送給我的第一首歌——〈明天〉。

告訴我，我和你是不是會有明天？

時間盡頭，會不會有你的思念？

在你給我最後、最無可奈何的歎息之前，會不會給我那樣的眼神——最早，也最迷亂？

深情是我擔不起的重擔，情話只是偶然兌現的謊言……

她的聲音，是一聽難忘的聲音。即使只是聽過一次，三十年後，你也不會忘記。我是個五音不全的人；可是，我也知道那是天籟，似乎不是屬於這個世上的。

我看著林方文臉上的表情出現了奇妙的變化。他的眼睛光采閃爍。

『這個人一定會走紅。』他說。

那捲錄音帶上面只有一個名字——葛米兒。

『那個椰子殼呢？地址也許在椰子殼上面。』他說。

我在廚房裡找到那個椰子殼。葛米兒的地址果然是貼在椰子殼下面；然而，那是一個在斐濟群島的地址。她住在南太平洋這個遙遠的島嶼上，怪不得她用椰子殼把歌送來了。她也許還會跳肚皮舞。

『她是天生唱歌的。』林方文說。

我對她的樣子很好奇，擁有這樣一把聲音的女人，到底有一張怎樣的臉孔呢？她唱的，又爲甚麼偏偏是林方文寫給我的第一首除夕之歌呢？後來，我才知道，那是有原因的。

4

當我終於見到葛米兒，那是她回來灌錄了第一張唱片之後的事。

林方文向監製葉和田推薦她。她收到唱片公司的通知，立刻從斐濟回來。下機之後，她直接從啓德機場去唱片公司。雖然她的歌聲得天獨厚，但她的樣子畢竟有點怪，並不是傳統的甜姐兒。唱片公司不敢冒險，只願意替她推出一張迷你唱片，唱片裡的五首歌，都是林方文寫的。

爲了替那張唱片宣傳，也爲了證實林方文的眼光，我約了葛米兒做訪問。見面之前，我問林方文：

『她眞的長得一點也不漂亮？』

『你見過猴子嗎？』他問。

『一隻大口猴子。』他說。

我們相約在南灣的海灘茶座見面，我想替她拍一輯有陽光和海灘的照片。

她來了。她的嘴巴的確很大。卡通片裡那些整天愛哭的小孩子，每次放聲大哭時，只剩下嘴巴和兩顆門牙，眼睛和鼻子都消失了。葛米兒就有這麼一個嘴巴，難怪她的音域這樣廣闊。

是的，她像猴子。她長得很高，而且很瘦，下巴長長，兩邊面頰凹了進去。可是，你知道猴子通常也有一雙楚楚可憐而動人的眼睛。

她擁有一身古銅色的皮膚，那是斐濟的陽光。她的頭髮卻像一盤滿瀉了的義大利粉。

這天，她穿著汗衫和短褲，我看到她左腳的腳踝上有一個小小的刺青。那個刺青是萊納斯。萊納斯是查理・舒爾茨的《花生漫畫》裡的主角之一。這個小男孩缺乏安全感，永遠抱著一條毛毯，說話卻充滿哲理。

爲甚麼不是人見人愛的史努比而是萊納斯呢？我忘記了問她。

跟葛米兒一同來的，還有一個看來像斐濟土著的男孩子。這個男孩皮膚黝黑，頂著一頭彈簧似的曲髮。他長得很帥，身體強壯。跟葛米兒一樣，他也是穿著汗衫和短褲。

『他叫威威。』葛米兒給我們介紹。

葛米兒爲甚麼帶了一個可愛的土著來呢？威威難道是她的保鑣？

『你好嗎？』威威露出一口潔白的牙齒微笑說。

原來他會說流利的中國話。

『威威是中國和斐濟的混血兒。他爸爸是在斐濟開中國餐館的。』葛米兒說。

我們做訪問的時候，威威去游泳了。

『威威是我的男朋友，他大概會一直待在這裡陪我，不會回去斐濟了。』葛米兒說。

『很難得啊！』我說。

『是的，他說過要陪我追尋夢想。』她坦率的說。

抱著膝頭坐在我跟前的葛米兒，很年輕，只有十九歲。

『收到唱片公司的通知時，我剛剛從海灘回來，身上還穿著泳衣。』她說。

『你一直想當歌星的嗎？』

『我爸爸說，我不去唱歌的話，是浪費了上天賜給我的聲音。』她充滿自信。

九歲的那一年，葛米兒跟著家人從香港移民到斐濟。她爸爸媽媽在當地開酒吧。葛米兒和她三個姐姐每天晚上在酒吧裡唱歌。

『酒吧的生意好得不得了，因爲大家都來聽我們唱歌。』她說。

『你到過斐濟嗎？』她問我。

『還沒有。』

『你一定要來呀！那是一個很美麗的地方。你來斐濟的話，別忘了到我家的酒吧看看。我們一家人就住在酒吧的樓上，生活雖然並不富裕，但我們過得很開心。』

然後，她又告訴我：『那捲錄音帶寄到唱片公司已經一年了，我還以爲石沉大海。』

『是的，差一點就變成這樣。』

『那樣我也許會在斐濟的酒吧裡唱一輩子的歌，偶而跳跳肚皮舞。是甚麼把我從那個小島召喚回來的呢？』

那是機緣吧？後來，我更知道，她的回來，是不可逆轉的命運。

『爲甚麼你會選〈明天〉這首歌？』我問她。

『我喜歡它的歌詞。』葛米兒說，『我在一家中國餐館裡頭一次聽到這首歌的時候，是剛剛和男朋友分手。聽到最後的兩句，我哭了。』

『那個男孩子傷了你的心嗎？』

她搖了搖頭：『是我要分手的。「深情是我擔不起的重擔」。我怕別人太愛我。』

『那威威呢？』

『他不同的。我愛他多一點，你別看他那麼強壯，他其實很孩子氣的。』

我們談了很久，威威還沒有回來。海灘上，也沒有他的蹤影。

『要不要去找他？』我問葛米兒。

『不用擔心，他沒事的。』葛米兒輕鬆的說。

是的，我沒有任何理由懷疑一個斐濟土著的泳術。即使他不小心被水流沖上一個荒島，他也許還可以在島上快樂地生活一輩子。

訪問差不多做完的時候，威威終於回來了。夕陽下，他剛剛曬黑的皮膚閃耀著漂亮的金黃色。原來，他游到一個無人的沙灘上睡著了。

訪問結束了，葛米兒和威威手牽手的離開，臨走的時候，她跟我說：

『你眞幸福啊！有一個男人爲你寫出那麼美麗的歌詞。以後我要爲你們把每首歌都唱出來。』

她是如此坦率而又自信。看著她和威威沒入夕陽的餘暉之中，有那麼一刻，我不知道把他們從那個遙遠的島國召喚回來，是對的呢還是錯的呢？這兩個人能夠適應這個城市急促的愛和恨、失望和沮喪嗎？

葛米兒是幸運的，有一個愛她的男人願意陪她到天涯海角尋覓夢想。我自己又有甚麼夢想呢？在日報當記者，是我喜歡的工作，可是，這也同時是我的夢想嗎？林方文會願意放下自己的一切陪我游走天涯去追尋夢想嗎？

甚麼是愛呢？是爲了成全對方的夢想，甚至不惜隱沒自己？

夢想也許是奢侈的，大部分的男女無需要夢想也可以一生廝守。

葛米兒和威威會後悔回來嗎？

他們還是應該留在南太平洋那個小島上的。

5

葛米兒的唱片推出了，成績很不錯。雖然並沒有戲劇性地一炮而紅，對於一個新人來說，總算是受到注目了。她那一頭倒翻了的義大利粉似的頭髮和她奇怪的樣子，卻惹來了很多批評。葛米兒似乎全不在意。她太有自信心了，才不在乎別人怎樣看她，也不打算改變自己。

一天，葛米兒突然在我工作的報館出現。

『你爲甚麼會在這裡？』我奇怪。

『我是特地來謝謝你爲我寫的那篇訪問的。』她說。

『不用客氣。』我說的是眞心話，那篇訪問，有一半是爲了林方文而做的。

『我和威威在西貢相思灣租了一所房子住下來，那裡有海灘，方便威威每天去游泳。』她愉快地說。

這兩個斐濟人，終於在香港安頓下來了。威威拿的是旅遊簽證，不能在香港工作，他只能夠陪著葛米兒四處去，或者待在家裡。海灘的房子，讓他們跟家鄉接近了一些。

『你跟林方文甚麼時候有空，來我家吃飯好嗎？我眞的很想謝謝你們。你們兩個是我和威威在香港唯一的朋友。』葛米兒說。

『我問一下林方文。』

『他不來，你也要來呀！威威很會做菜的。』葛米兒熱情的說。

『他常常是這麼奇怪的嗎？』她忽然又問我。

『你說林方文？』

『嗯，常常獨來獨往，好像不需要朋友的。』

『他已經改變了很多，你沒見過大學時期的他呢，那時候更古怪。』

『你們是大學同學嗎？』

『嗯。曾經分開，又再走在一起。』

『斐濟的土著之間，流傳著一種法術，據說女人可以用這種法術留住一個男人的心。』葛米兒說。

『是嗎？是甚麼法術？』我好奇。

葛米兒卻神秘地說：『不要貪心啦！聽說，沒有真正需要的人，是不應該知道這種法術的。但願你永遠用不著知道。』

我真的是像她所說，太貪心了嗎？假若世上有一種法術是可以把心愛的人永遠留在身邊，又有誰不想知道呢？

6

『去吃威威做的菜好嗎？』我問林方文。

『斐濟的菜，不會好吃到哪裡吧？』他說。

『他們可沒說是做斐濟的菜。威威家裡是開中國餐館的，也許是做中國菜。』

『那個土著做的中國菜一定很難吃。』

『嚴格來說，他不算土著。』我說。

『我猜他做的是義大利菜。』他說。

『你怎知道？』

『要不是喜歡吃義大利菜，怎可能愛上那個義大利粉頭？』他說。

『葛米兒很想謝謝你，畢竟是你發掘她的。』

『是她自己有天分，用不著謝我。我寫歌詞又不是免費的。』他淡淡的說。

『我們去看看他們的房子好嗎？』

『你想去的話，那我陪你去。』

我笑了。

『你笑甚麼?』他問。

『沒甚麼。』我說。

林方文眞的變了。從前的他,自我、孤僻而又古怪。現在的他,雖然還是那麼自我,但已經踏實許多了,也學會了為別人付出。我想去的地方,即使他不想去,他也會陪我去。這些事情,若在以前,怎麼可能呢?他變成熟,也變可愛了。然而,改變了的他,是更適應這個世界呢?還是會更容易被現實傷害?

7

葛米兒和威威住在一幢兩層樓高的鄉村房子裡。房子外面有一個小小的池塘,走五分鐘的路,便是海灘。這天我們來到的時候,剛好是黃昏。威威穿著圍裙,從廚房走出來,與高采烈的說:『你們一定猜不到了,我今天準備做一頓義大利菜。』

林方文眞是厲害。

『我不會做菜的，我只會吃。』葛米兒說。

一團毛茸茸的小東西忽然從我腳踝旁邊穿過，嚇了我一跳。我低下頭看一看，是一隻淡褐色羽毛的雛鵝，牠在屋子裡大搖大擺的走來走去。

『是用來吃的嗎？似乎還太小了。』林方文望著那隻雛鵝說。

『「莫札特」是我們剛剛養的寵物，不是用來吃的。』葛米兒連忙說。

『這隻鵝叫莫札特？』林方文問。

『威威喜歡聽莫札特。』葛米兒說。

他們竟然養一隻鵝做寵物。

威威把莫札特抱起來，憐愛地說：

『鵝是會守門口的，遇到陌生人，牠還會咬對方。』他望了望莫札特，然後說：『當然，這要等到牠長大之後。』

『牠是雌鵝，將來還會下蛋的。』葛米兒說。

『那些鵝蛋，你們吃不吃？』我問。

『如果沒有受精的，便可以吃。如果是受了精的，就是莫札特的親生骨肉，當然不能吃。』葛米兒說。

他們的家好像是兒童樂園，這是兩個不會長大的人，永遠不會長大，也許是幸福的。

威威做的義大利菜，不像義大利菜，不像法國菜，也不像中國菜，那大概是他自己改良的斐濟風格的義大利菜，距離好吃的境界，還有很遠很遠。

『想家嗎？』我問葛米兒。

『這裡的生活比斐濟多姿多采；只是，很久沒潛水了，很想潛水。』她說。

『米兒是潛水教練。』威威說。

『你們會潛水嗎？』葛米兒問我和林方文。

我搖了搖頭。

『有機會的話，我教你們兩個潛水。』

那一刻，我沒有想過要學潛水，林方文也沒有表現出多大的興趣。

『你不知道斐濟的海底有多麼漂亮！』葛米兒的臉上，有無限神往。

『不怕危險嗎？』我問。

『在那裡，你會忘記了危險，忘記了所有煩憂。你是海裡的一尾魚兒，游向快樂。那一刻，你甚至忘記了世界，也忘記了自己。』葛米兒用她動人的嗓音說。

『忘記了自己？也好。』林方文好像也有些嚮往了。

那個時候，又有誰會想到這個南太平洋上的島國，是我魂斷之地？

8

夜已深，莫札特睡著了。牠睡在一個狗窩裡，因爲寵物店裡並沒有特別爲鵝而做的窩。

告別的時候，葛米兒認眞的跟林方文說：『謝謝你爲我寫的詞。』

『那不算甚麼。』林方文淡淡的說。

離開了葛米兒和威威的家，我跟林方文說：『我們去海灘好嗎？不是說附近就有海灘嗎？』

我們躺在那個寧靜和漆黑的海灘上。我說：『住在海邊的房子，也很不錯吧？』

林方文忽然笑了起來，說：『他們把那隻鵝叫做莫札特！』

是的，剛才在葛米兒和威威面前，我們都不好意思笑。

『叫莫札特不是太好，莫札特只活到三十五歲。』我說。

『三十五歲，對鵝來說已經是不可能的了，鵝通常活到三斤半就被吃掉！』他說著說著又笑了起來。

『葛米兒是眞心感謝你的，爲甚麼你好像不太領情？』我問。

『那幾首詞，眞的不算甚麼，我不認爲自己寫得好。』林方文說。

『我覺得很好呀！我喜歡副歌的部分。』

我念了一遍：

淡淡微笑，又悄悄遠離，
都明知相遇而從不相約，
相約而從不相遇，
千年，萬年；人間，天上，
卻總又會相逢一次。

『這比起我以前寫的，根本不算甚麼。是她唱得好，不是我寫得好。』他說。
『你對自己的要求太高了。』我開解他。
『每天在寫，總有枯竭的一天。』他長長的歎了一口氣。
『創作，總會有高潮和低潮的。』

他久久地凝望著我，說：『謝謝你。』

『我們之間，還需要這兩個字嗎？』

他笑了。

在海灘上散步的時候，我問他：

『你有甚麼夢想嗎？』

『一直能夠爲你寫除夕之歌。』他說。

我以爲他的夢想應該是遠大許多的。我沒想到，他的夢想是那麼微小。

『這個夢想一點也不微小呀！是很大的一個考驗。』他笑了笑。

『你又有甚麼夢想？』他問。

『一直聽你的除夕之歌。』我說著說著，眼睛也濕潤了。不知道是被他感動了，還是被自己感動？

那是一個多麼奇怪的晚上？我們笑了，又哭了，然後又笑了。歲月流逝，不變的夢想，是能夠擁抱自己心愛的人，也擁抱他的微笑和哭泣。

9

有一天，當我年老，有人問我，人生的哪一段時光最快樂，也許，我會毫不猶豫地說，是十多歲的時候。那個時候，愛情還沒有來到，日子是無憂無慮的；最痛苦的，也不過是測驗和考試。當時覺得很大壓力，後來回望，不過是多麼的微小。

當愛情來臨，當然也是快樂的。但是，這種快樂是要付出的，也要學習去接受失望、傷痛和離別。從此以後，人生不再純粹。那就好比一個女人有時候會懷念她的童貞，那並不代表她不享受和她心愛的男人同床共枕。

童貞的歲月裡，即使愛上了一個男人，也是輕盈的。後來，當我們成爲女人了，所有的愛情，也都沉重了一些，變得有分量了。這個時候，我們不僅用心，也用身體去愛一個男人。我跟這個男人，有了一點血肉的牽繫。

朱迪之很早就跟她的初戀情人鄧初發睡了。那個時候，我和沈光蕙簡直有點妒忌了。我還沒有遇上心愛的男人，還沒有和他睡，我怕我會變成老處女。那時的想法多麼可笑？

後來，我們都和自己喜歡的人睡了。朱迪之常常說，她不過是比我們『早登極樂』。

這個曾經是沒有男人便不能活的女孩子，也有自己的夢想了。她在律師行當秘書，同時報讀了大學的遙距法律課程，已經是第二年了。一切順利的話，還有三年，她便會成爲律師。她從小就想當律師，她念書的成績也很好，後來因爲拚命的戀愛，才會考不上大學。

『要把逝去的光陰追回來。』她是這樣鼓勵自己的。

逝去的光陰，是可以追回來的嗎？我想，過去的戀愛，無論是悠長的還是短暫的，是甜美的還是糟糕的，終究使我們變得堅強。流逝的光陰，也有它的作用。

10

這一天，朱迪之剛剛考完試，她約了我和沈光蕙到她家裡吃飯。房子是她去年租的。

一個人住，可以專心讀書。她忙得很，我們相聚的時光比從前少了許多，所以，每一次見面，也格外珍惜。

沈光蕙在測量行的工作也忙，去年，她跟那個有婦之夫分手了。

男人是不是都是這樣的？當那段婚姻變得沉悶了，他們會出去找一段愛情，愛得死去活來。一旦被妻子發現了，他們便會垂頭喪氣地回家。在選擇的天秤上，是從來不公道的。他們不會跟那個第三者離家出走。

沈光蕙來到的時候，興奮地問我們：『你們猜我剛才碰到誰？』

『誰？』我問。

『王燕！』她說。

王燕是我們中學時的輔導主任，她是個臉上有鬍子的老處女。她自己的貞潔和女學生的貞潔，是她一生捍衛的東西。

『她跟一個男人一起，態度很親暱呢！』沈光蕙說。

『眞的？』我和朱迪之不約而同地尖叫。

『那個男人還長得眞不錯呢！』沈光蕙恨得牙癢癢。

『會不會是男妓？』朱迪之一邊做蘋果沙拉一邊問。

『那個男人看來有四十多歲了，男妓沒有這麼老吧？』沈光蕙說。

『你不知道有老妓的嗎？』朱迪之說。

『可是，』我說，『既然找男妓，總該找個年輕一點的吧？』

『老妓有老妓的長處。』朱迪之煞有介事的說，『像土燕這座死火山，年輕的小伙子也許沒辦法把她燃燒。』

對性的熱切這方面，朱迪之是無論如何也改不了的。

『那個男人看來不像老妓呀！』沈光蕙說，『沒想到土燕也可以談戀愛。爲甚麼那些長得難看的女人，往往也會找到一個長得不錯的男朋友？』

朱迪之一邊吃沙拉一邊說：

『因爲她們有一種鍥而不捨的精神。我們的條件太好了，我們才不肯去追求和討好一個男人。這些女人會跟自己說：「好歹也要結一次婚！」她們有一股無堅不摧的意志力。』

『是的，好歹也要結一次婚。』沈光蕙說。

『你想結婚嗎？』我問。

『我現在連男朋友也沒有，怎樣結婚？結婚也是好的，成爲了一個男人的妻子，那麼，即使他曾經愛上了別的女人，他始終還是會回家的。』

『我們三個之中，誰會首先結婚呢？』朱迪之問。

『是你嗎？』我笑著問。

『雖然陳祺正會是一個很不錯的丈夫，但我還要念書呀！在成爲律師之前，我是絕對不會嫁的。』她說。

陳祺正是朱迪之現在的同學，他們交往一年多了。他是一位中學教師。跟朱迪之所有的舊情人比較，他是最好的了。朱迪之會跟一位老師戀愛，在從前是沒法想像的吧？

『會不會是你和林方文？』沈光蕙說。

林方文是不會想結婚的吧？他是個寧願擁抱自由和孤獨也不願意擁抱溫暖家庭的男人。他從來沒有向我求婚。有時候，我會恨他不向我求婚。我不是要他眞的跟我結婚，我只渴望他是曾經有一刻想爲我捨棄自由的。我想聽聽他怎樣向我求婚，那些甜蜜的說話，用來留個紀念也是好的。

像林方文這樣的男人，求婚時一定不會說：『嫁給我吧！』或者是『讓我照顧你一輩子！』這些說話吧？對他來說，都太平凡了。

朱迪之臉上帶著飽歷滄桑的微笑說：

『陳祺正也有向我求婚，那是我們親熱時說的。有哪個男人不曾在床上對自己擁抱著的女人用最甜蜜的言語求過婚呢？誰又會當眞呢？那不過跟愛撫一樣，使性愛更加美妙。』

可是，林方文從來沒有給過我這樣的愛撫。眞的恨他呀！卻又明知道他就是這樣的一個人。情最深處，恨也是柔的。

11

沈光蕙並不是沒有人追求的。有一個男同事很喜歡她，可惜，他比她小三歲，而且從來沒有談過戀愛。

『那是小童軍呀！有甚麼不好呢？』朱迪之說。

沈光蕙搖了搖頭：

『我不想當童軍領袖呀！』

『你喜歡他嗎？』我問。

她說：『他是不錯的，聰明又可愛，而且看樣子也是一個很專一的人。』

『當然了，否則怎會二十幾歲還沒有失身。』朱迪之通常會用失身的年紀來評定一個人對感情的態度。她說，這個推斷方法出錯的機會非常低。譬如，一個三十歲才失身的女人，絕對不會花心到哪裡。一個十六歲已經失身的男人，大家倒是要小心。

『當我三十歲的時候，他才只有二十七歲，那不是太可怕嗎？』沈光蕙說。

『是的，也許要花很多錢去買護膚品才敢跟他出去呢！』我說。

『當你到了更年期，他還是壯年呢！』朱迪之說。

『說不定我更會比他早死。』沈光蕙說。

『那倒是好的。』我說，『輪迴再世，可以做他的女兒。』

『那要很年輕的時候死才可以呢！』朱迪之說。

我想起了韋麗麗。她是我們的同學。她是在運動會上被一個同學擲出的一個強而有力的鐵餅扔中腦袋瓜而死的。那宗意外，奪去了她年輕的生命。死亡，是曾經很遙遠，也跟我們很接近的。她已經輪迴了麼？

如果我比林方文早死，我要輪迴再世，做他的女兒。我很想知道，像林方文這樣的男人，會是一個怎樣的父親呢？我不要來生再跟他相愛，那還是有機會分開的。我要做他的女兒，流著他身體裡的血。我要得到爸爸對女兒那份不求回報和傾盡所有的愛。而且，他永遠不會離開我，直至死亡再一次把我們分開。

朱迪之說：『如果陳祺正比我先死，我希望他來生做我的兒子。那麼，他可以繼續吃我的奶。我喜歡看著他吃奶時那個很滿足的樣子。』

『我應該嘗試跟他一起嗎？』沈光蕙問。

『誰？』我和朱迪之異口同聲的問。

『那個小童軍！』沈光蕙沒好氣的說。

我和朱迪之忙著編寫那個輪迴再世的故事，早已經忘記了她。

朱迪之把唱盤上的唱片拿走，換了葛米兒的新唱片。她那把低沉的聲音好像也是在唱著一個輪迴的故事。

若有永恆，為何人有限而天地獨無窮？

若有不朽，為何心中烈火，敵不過強暴的風？
若有存在，為何屈辱於死亡的無可選擇？
若有尊嚴，為何卻有永恆，存在，和不朽？

這首〈天問〉是林方文寫的。
『她唱得眞好！』朱迪之說。
當然了，她是林方文發掘的。

12

『你爲甚麼不向我求婚？』在書店裡，我問林方文。
他一邊低下頭看書，一邊問我：
『你想嗎？』

『不是眞的要你娶我，只是好奇你會怎樣向我求婚。』

『嫁給我吧！是不是這樣求婚？』他的樣子不知道多麼輕佻。

『這麼平凡，不像是你說的。』

『你眞的想結婚？』

『當然不是！』我把手上的書合上。

爲甚麼我說不呢？我並不敢承認，我知道他會拒絕。

『你手上拿著的是甚麼書？』我把他的書拿來看。

那是一本佛經。

他近來買了許多佛學的書。上個月，他買了許多關於基督教的書。再上個月，他買了很多本食譜。雖然買了那麼多的食譜，他可沒有弄過一道菜給我吃。

他正在痛苦地找靈感。葛米兒的新唱片，他也只肯寫兩首歌。他不想重複自己。這幾年，他寫得太多了，有點累了。我可以怎樣呢？我卻幫不上忙。

『佛經裡會有靈感嗎？』我微笑著問他。

『不知道。』他說。

後來有一天，他很嚴肅的告訴我：

『我要去當和尚。』

『和尚？』我幾乎哭了出來。

『是七日和尚。』他氣定神閒的說。

『只是七日？』我鬆了一口氣。

『是的，七日。』他一臉期待。

那是一家佛寺爲善信舉辦的活動。參加者要在寺院裡跟出家人一起生活七天，除了要穿和尚袍和齋戒之外，也要誦經念佛，跟和尚沒有兩樣，只是不需要剃度。七天之後，便可以重返凡塵俗世。這種活動，每年舉辦一次，每一次也有好幾百人參加。

『你不會眞的去當和尚吧？』我問他。

『很難說的呀！』他故意戲弄我。

『我要你知道，你是塵緣未斷的。』我抓著他的頭髮說。

『這樣一去，不就可以了卻塵緣嗎？』

『如果你眞的跑去當和尚，我就要變成蕩女，人盡可夫！』我警告他。

『我跑去當和尚，你不是應該去當尼姑才對嗎？怎會去做蕩女？』

『尼姑太便宜你了。變成每天找男人的蕩女，才是對你最大的報復。起碼，你會每天內疚，每天爲我誦經來減輕你自己和我的罪孽。那樣的話，你雖然在寺院裡，我卻沒有一天不在你心裡。對嗎？』

『你這麼毒，出家的應該是你！好吧，爲了你的貞潔，我是不會跑去當和尚的。』

雖然他是這樣說，可是，我眞的害怕他會撇下我去當和尚。他這個人，甚麼怪事也可以做出來。如果林方文眞的跑去做和尚，了卻塵緣的，不是他，而是我。

13

雖然七日和尚不用剃度，林方文還是把頭髮刮得很短。他說，這樣可以更投入出家人的生活。

他離開了我的那幾天，我的生活也平淡如水。像青菜豆腐一樣的日子裡，我每一刻都在思念著他。他習慣嗎？他會愛上那種生活嗎？他會不會被一個大師點化了，從此離我而去？要是他走了，我怎麼可能變成蕩女呢？我騙他罷了。可是，我也不可能變成尼姑。怎麼可以從此跟他碰面而好像不相識呢？我做不到。

跟朱迪之見面的時候，她問我：

『有七日尼姑嗎？』

『好像也有的。』我說。

『那你為甚麼不早點告訴我？』

『你也想短暫出家嗎？』

『可以乘機減肥嘛！』她說。

我聽過這樣的一個故事。一個女人放下了一段塵緣，從台灣老遠跑到印度一所寺院出家，卻在那裡碰到一位僧人。這兩個人，原來是前世的情人，孽緣未了，雙雙還俗，做了夫妻。最可憐的，是那個當天爲了成全她而讓她出家的男人。

『兩個人一起，到底是塵緣還是孽緣呢？』我問。

『有些是塵緣，有些是孽緣，這就是人生吧！』朱迪之說。

過了一會，陳祺正來接我們去吃飯。

『喜歡吃甚麼？』陳祺正問我。

『吃素好嗎？』我說。

他們兩個人，同時怔怔的望著我，流露出一副可憐的模樣。

『算了吧！我們去吃肉，我吃林方文的那一份。』我說。

林方文眞的只去七天才好。

14

短暫出家結束的那一天，林方文從寺院回來。他瘦了一點，也蒼白了。我跳到他身上，問他：

『是不是七情六欲也沒有了？』

『誰說的？』他緊緊地摟著我，用舌頭俏皮地舐我的鼻子和嘴巴。

我望著他。這七天來，我多麼思念他。他知道嗎？

『爲甚麼不索性去七七四十九天？』我問他。

『你以爲我不想嗎？』

他開朗了，是已經找到了靈感吧？

他說，在寺院時，師父講了一個佛經上的故事：一個女人，因爲愛上了另一個男人，所以想要離棄丈夫，於是設計假死。她串通了別人，買了一具女子的屍體，讓她的丈夫相信她已經死了。

她的丈夫傷心欲絕，只好把屍體火化。然而，他太愛她了，因此成天把她的骨灰帶在身邊，這樣的深情感動了他的妻子。她離開了情夫，想要回到他身邊。

那天，她悄悄地跟在丈夫的身後，叫喚他的名字，期待看到他既驚且喜的神情。然而，當她的丈夫轉過身來看到她，只是淡漠的問她：『你是誰？』

『我是你的妻子呀！』她說。

『不，我的妻子已經死了！而且是我親手把她火化的。』她的丈夫堅定的說。

『那不是我，我根本沒有死呀！』女人幾乎快要崩潰了。他這樣愛我，怎會忘記我的容貌呢？

然而，無論她怎樣解釋，她的丈夫終究不相信眼前人便是他的妻子。

愛，是不能被試探和考驗的。背叛丈夫的妻子以爲她可以理所當然的安排丈夫的感情。可是，對傷心的丈夫來說，愛情或許已隨謊言消逝。

愛會隨謊言消逝嗎？後來，我知道是會的。

15

從寺院回來之後，林方文寫了好幾首歌，唱片公司認爲那些歌有點曲高和寡，想他修改一下。他一個字也不肯改。他們說：『爲甚麼不繼續寫以前那些歌呢？最好不要改變。』

林方文努力去突破自己，他們卻嫌他太突破了。

那天晚上，他在錄音室裡跟葉和田吵得很厲害，我站在外面，隔著玻璃，聽不到他們吵甚麼。林方文從裡面衝出來，頭也不回的走了，我連忙追上去。

他一個人走在路上，我看得見那個背影是多麼的頹唐。他曾經寫過的、那些感動過無數人的歌，就在那一刻，一首一首的在我心中流轉。我默默的、遠遠的走在他後面，我不知道我可以爲他做些甚麼。我是多麼的沒用。

不知道這樣走了多久之後，他忽然轉過身來，微笑著問我：

『你爲甚麼走得這麼慢，老是在我後頭？』

『我不知道怎樣幫忙。』我說。

我多麼希望我是個溫柔的女人，在這個時刻，能夠對他說一大串安慰的說話。可惜，我從來不是。

『沒事吧？』他反過來安慰我。

『你是最好的。』我告訴他。

他笑了：『每個女人都認爲她所愛的男人是最好的。』

『我不是盲目的。』我說。

『盲目又有甚麼不好呢？只要是自己所愛的人，他的一切都是好的。這種盲目，是多麼的幸福？人若能夠盲目一輩子，也就是矢志不渝了。』

『但你的確是最好的，這方面，我不盲目。』

『我卻希望自己能夠盲目一點。盲目地相信自己永遠是最好的，那樣我才可以一直寫下去，一直重複下去，不會想得那麼多。』

『你願意這樣嗎？』我問。

『就是不願意。』他雙手插在褲袋，垂下了頭，悲哀的說：『也許我再不適合寫歌詞了。』

『誰說的？』

『不寫歌詞，人生還有許多事情可以做的。』他抬起頭來，微笑著說。

我苦澀地笑了：『為甚麼不是我安慰你，而是你倒過來安慰我呢？』

『因為，你比較沒用。』他用手拍了拍我的頭。

林方文眞的長大了。若是從前，今天晚上他會自己跑回家，忘了我在後面。他更不會堆出一張笑臉來安慰我。他是甚麼時候長大了的呢？是在他媽媽死了之後嗎？是的，我現在是他唯一的親人了。一個長大了的林方文，會不會快樂一點？

我知道他捨不得不寫歌詞。在那裡，他找到了自己。那是他最引以爲傲的事。要他放棄，他是不甘心的。

『別這樣了，你看看今天晚上的月光多麼漂亮。』他用手抬了抬我的下巴，要我看看天上的月光。

那一輪圓月，在這一刻，不免有點冷漠了。

『爲甚麼古往今來，幾乎所有情人都要看月光，所有作家也都歌頌月光，用月光來談情？』我有點不以爲然的說：『天空上還有太陽、星星和雲彩呀！』

『因爲只有月亮才有陰晴圓缺。』

『星星也有不閃耀的時候。』

『可是，它的變化沒有月亮那麼多。』

『彩虹更難得呢！』

『你有權不喜歡月光的。』他拿我沒辦法。

『你喜歡嗎？』我問他。

『喜歡。』

『那我也喜歡。』我說。

他搖了搖頭：『果然是盲目的。』

『你不是說一輩子的盲目也是一種幸福嗎？』

『沒想到你盲目到這個境地。』

『不是徹底的盲目，哪有徹底的幸福？』

『啊，是嗎？』

『我知道爲甚麼愛情總離不開月光了。』我說。

『爲甚麼？』

『因爲大家都是黃色的。色情呀！』

『我說不是。』

『那爲甚麼？』

『因爲月亮是所有人都無法關掉的一盞燈。它是長明燈。』

『聽說，不久的將來，人類可以把死人的骨灰用火箭發射上太空，撒在月球的表面，生生不息地在太空中圍繞著地球運轉。』

『死了之後，才到月球漫步？是不是太晚了一點？』

『畢竟是到過月球呀！』

『如果我先死，你要把我射上月亮去嗎？』他露出害怕的神情跟我開玩笑。

『把你射了上去比較好。把你射了上去，那麼，以後月亮也會唱歌了。把我射了上去，甚麼也不能做，還是跟從前的月光一樣。』

『不一樣的。』他說。

『爲甚麼不一樣？』

『把你射了上去，那麼，每夜的月光，就是我一個人的燈。』

『你會把它關掉嗎？』

『是關不掉的。』

從那天晚上開始，我也像大部分人一樣，愛上了天上的月光。每個人看到的月光，都是不一樣的吧？自己看的，跟和情人一起看的，也都是不同的。林方文的月光，跟我的月光，曾經是重疊的嗎？那重疊的一部分是整個月光那麼大，還是像錢幣那麼小？

16

有大半年的日子，林方文沒有再寫歌詞。沒有了他，每個人的歌也還是繼續唱的，只是沒那麼好聽。

有一陣子，他天天躲在家裡畫漫畫。我以爲他會改行當漫畫家，可是他沒有。那些漫畫也不可能出版，因爲它們全都是沒有對白的。他討厭寫字。

過了一陣子，他常常一個人在下午時分跑去教堂。我以爲他要當神父了，原來他只是喜歡躺在長木椅子上，看著教堂裡的彩繪玻璃。他可以在那裡待一個下午。

又過了一陣子，他愛上了電影，但是，他只看卡通片。

也是一個月滿的晚上，我們從電影院出來。他對我說：

『童年時，我的偶像是大力水手。』

『我還以爲你會喜歡那個反派的布魯圖呢。』我說。

『爲甚麼？』

『你就是這麼古怪。』

『我不喜歡他，因爲他沒有罐頭菠菜。大力水手只要吃一口罐頭菠菜，就變得很厲害了。我本來不吃菠菜的，看了「大力水手」之後，我吃了很多菠菜。』

『那個時候，我們爲甚麼都喜歡大力水手呢？他長得一點也不英俊，幾乎是沒有頭髮的，身體的比例也很難看，手臂太粗了。』我說。

『就是因爲那罐菠菜。誰不希望任何時候自己身邊也有一罐神奇菠菜，吃了便所向披靡，無所不能。』林方文說。

有哪個小孩子不曾相信世上眞的有神奇的魔法，在我們軟弱無助的時候拯救我們？可是，當我們長大了，我們才沉痛地知道，世上並沒有魔法。

能有一種魔法，讓林方文再寫歌詞嗎？

我們走著的時候，他的魔法出現了。

一輛車子突然停在我們面前，兩個人從車上跳了下來，是葛米兒、威威和莫札特他們一家三口。莫札特長大了很多，牠已經不是一團毛茸茸的小東西。現在的牠，超過三斤半了。這天晚上，牠長長的脖子上綁著金色的絲帶，在威威懷裡，好奇地東張西望。

『很久不見了！』葛米兒興高采烈的拉著我和林方文。

她現在已經紅了很多。人紅了，連帶她那個曾經受盡批評的義大利粉頭也吐氣揚眉，許多少女都模仿她的髮型。

『你們去哪裡？爲甚麼帶著莫札特一起？』我問。

『我現在去拍音樂錄影帶，莫札特也出鏡了。』她情深款款的掃著莫札特的羽毛。

『那麼，牠豈不是成了「明星鵝」嗎？』我笑了。

『是的！是的！牠還會唱歌呢！』威威興奮的說。

『不是說「鵝公喉」嗎？鵝也能唱歌？』我說。

『牠不是鵝公，牠是鵝女。』威威跟莫札特說：『來，我們唱歌給哥哥姐姐聽。』

莫札特伸長了脖子啼叫：『刮刮——刮刮刮刮刮——刮刮——』

『果然很有音樂細胞，不愧叫做莫札特。』我拍拍牠的頭讚美牠。牠的頭縮了一下，很幸福的樣子。

那是我最後一次見莫札特了。

臨走的時候，葛米兒問林方文：

『你還會寫歌詞嗎？』

他大笑：『是寫給莫札特唱的嗎？那太容易了，只需要寫「刮刮」——』

『是寫給我唱的。』葛米兒誠懇的說，『很想念你的歌詞。』

林方文只是微笑，沒有回答。

他們走了，我們也沉默了。

從那天晚上開始，我和林方文看到的月光也有一點不一樣了。我不是大力水手的那罐神奇菠菜，我沒有能力拯救他。那個魔法，在葛米兒手裡。

17

當她的義大利粉頭被歌迷接受了，葛米兒卻狠心地把它剪掉，變成一條一條短而鬈曲的頭髮，活像一盤通心粉。她是個偏偏喜歡對著幹的人，她也比從前更有自信了。有時候，我很佩服她。我們每一個人，幾乎每天都要爲自己打氣，才可以離開家門，面對外面那個充滿挫敗的世界；她卻不需要這樣，她好像天生下來已經滿懷自信。

一天，她跟唱片監製葉和田說，除了林方文的詞，她不唱別的。

『不是我們不用他，是他一個字也不肯改。他寫得那麼古怪，不會流行的。』葉和田說。

『他是最好的。』葛米兒說。

『說不定他已經江郎才盡了，最好的日子，已經過去了。』葉和田冷漠的說。

『不。』葛米兒說，『我能夠把他唱得比以前更紅。』

本來是：沒有林方文，也就沒有她。他把她從那個遙遠的島嶼召喚回來。他是她的知音。

今天是：有她，也就有林方文。她把他從那個滿心挫敗的世界召喚回來。她是他的知音。既出於報答，也出於欣賞。有誰會懷疑林方文是最好的呢？他只是欠缺了新的刺激。

終於，林方文拋下了他的佛經、他的漫畫，還有教堂的彩繪玻璃和那些卡通片，重返那個他最愛的、既令他快樂、也令他痛苦的世界。

看見他重新提起筆桿寫歌詞，看見他再一次拿著我很久以前送給他的那把樂風牌口琴，吹出每一個音符，我的心情竟然有點激動。有那麼一刻，我巴不得把他藏在我的子宮裡；那是一個最安全的懷抱，他不會再受到任何的傷害。可惜，我的子宮太小了，而他也已經長大了。

這一刻，他的頭枕在我的大腿上。我問他：

『我把你放在我的子宮裡好嗎？』

他的臉貼住我的肚皮，問：『環境好嗎？』

『不錯的，到現在還沒有人住過。』

『要付租金的嗎？』

『算你便宜一點。』

『地方太小了吧？』

『那麼，你變成袋鼠吧！』我說。

『袋鼠不是更大嗎？』

『你可以把我放在你懷中的袋子裡，你去哪裡，也得帶著我。』

『這樣太恐怖了。』他跳起來說。

『你不願意嗎？』

『夏天太熱了。』

『但是，冬天保暖呀！』

『香港的夏天比較長。』

『你是怎樣也不肯把我放在口袋裡的吧？』

『我寧願住在你的子宮裡。』

『眞的？』

『現在就住進去。』我跳到他身上。

『你會不會愛上葛米兒？』我問他。

『我爲甚麼會愛上她？』他露出一副不可能的神情。

『她了解你的音樂。』我說。

『她不是有威威了嗎？我才不要住進葛米兒的子宮裡。』他說。

林方文眞的願意長留在我身上嗎？有時候，我會寧願我們比現在年老一點。年紀大了，也沒有那麼多的誘惑，那就比較有可能共度一輩子了。這種想法，會不會很傻？竟然願意用青春去換取長相廝守的可能。

18

一天大清早，我在西貢市集裡碰到威威。他正在買水果。俊俏可愛的他，很受攤販歡迎。看到我時，他熱情地拉著我，問我爲甚麼會在那裡出現。我告訴他，我在附近採訪。

『記者的工作好玩嗎？』他問。

『可以認識很多不同的人。』我說。

『有工作眞好。』他說。

我差點兒忘記了，他在這裡是不能工作的。

『葛米兒呢？』

『她出去了，今天大清早要到電視台錄影。』

『那莫札特呢？』

『牠胖了，現在有四斤半啦！可能要減肥。』

我陪著他逛市集，他又買了牛奶和麵包。大家都認得他是葛米兒的男朋友，對他很友善。

『懷念斐濟嗎？』我問。

他重重的點了一下頭：『我懷念那裡所有的東西。媽媽做的菜、爸爸的煙斗味，甚至是那個從前常常欺負我的同學。』

『欺負你的人，你也懷念？』

『他是我小學和中學的同學，他常常騙我的錢。』他幸福地回味著，『從前很討厭他，現在卻希望回去再被他騙錢。那裡畢竟是我的故鄉。』

『爲甚麼不回去看看？』我說。

『米兒太忙了。』他的神情有點落寞。

『她在這裡發展得很好呀！』

他笑得很燦爛：『是的，她現在很快樂，她可以做自己喜歡做的事。』

那一刻，我深深被威威感動了。爲了自己所愛的人的快樂，他承受了寂寞，也懷抱著鄉愁。望著他的背影沒入擠擁的人群之中，我忽然明白，沒有犧牲的愛情，算不上愛情。

後來有一天，威威在我的辦公室出現，他變憔悴了。

『我是來跟你道別的。』他說。

『你要去哪裡？』我問。

『回去斐濟。』

『那葛米兒呢？』

『我一個人回去。』他的眼睛也紅了。

『威威，到底發生了甚麼事？』

『沒甚麼的，只是我不適應這裡的生活。』

『是眞的嗎？』

他低下了頭，良久說不出話來。

『我們去喝杯咖啡吧！』

我把他拉到報館附近的一家咖啡店。那裡可以看到海。我想，在大海的旁邊，他的心情會好一點。

『是不是太思念故鄉了？』我問。

他搖了搖頭：『我是不捨得她的。可是，我們的世界已經不一樣了。』

葛米兒從一個藉藉無名的女孩子搖身一變，成爲一顆明星。一點也沒有改變，是不可能的吧？

『你不是答應過要陪她一起追尋夢想的嗎？』我說。

『我也許想得太簡單了。』悲傷的震顫。

『她知道你要走嗎？』

『我們談過了。』他笑了笑，『我們終於找到時間談一談我們之間的事了。我留在這裡只會妨礙她。』

『是她說的嗎？』

『不。她並不想我走。』

『那不要走好了。』

『可是，她已經不需要我了。』

『你還愛她嗎？』

『我當然愛她。』威威說著說著流下了眼淚，『但是，她已經改變了，不再是從前的她。我們在斐濟的時候，生活快樂得多了。』

『你是不是後悔來了這裡？』

『我怎會這樣自私呢？留在斐濟，是埋沒了她。』

『威威，你眞好。』我說。

『我一點也不好。我沒有才能，也不聰明，人又脆弱。』

『但你懂得愛人。』

『我也愛得不好。』他的眼淚簌簌的流下來。

『你甚麼時候要走？』

『今天就走。』

『這麼急？』

『米兒今天要工作，我們說好了，她不要來送機。我會哭的，我們從來沒有分開過。』

『要我送你去機場嗎？』

『不，千萬不要。我害怕別離的。』

他又說：『我聽人說，離開了自己的家鄉，會有鄉愁。然而，回去家鄉之後，又會懷念那個自己住過的城市。這樣的話，總共就有兩次鄉愁了。』

我難過得說不出話來。

『我還有一件事情要告訴你。』威威說。

『甚麼事？』

『我——』他紅著眼睛說。

『到底是甚麼事？』

『我把莫札特吃了！』

『你吃了莫札特！』我不敢相信。

『你一定覺得我很殘忍吧？』

『你怎捨得吃牠？』

『米兒捨不得讓牠走，我也捨不得讓牠留下。我走了，米兒又沒有時間照顧牠。把牠吃進肚子裡，那麼，牠便可以永遠留在我身上。』威威一邊抹眼淚一邊說。

我不也是曾經想過要把自己心愛的人藏在子宮裡，長留在身上的嗎？愛情，原來是淒美的吞噬。但願我的身體容得下你，永不分離。

我同情莫札特，只是，牠的主人也許沒有更好的選擇。牠是不應該叫莫札特的，天才橫溢的莫札特，是短命的。

告別的時刻，威威久久地握著我的手。他是捨不得的。我曾經以爲，相愛的人是無論如何也不會分開的，也許我錯了。當生活改變了，愛也流逝了。如果他還能夠感覺到愛，他是不會走的吧？故鄉是近，已然流逝的愛，卻太遙遠了。

19

『程韻，我剛巧在附近，你有沒有時間出來喝杯咖啡？』我在家裡接到葛米兒打來的電話。

我們在咖啡室見面。架著太陽眼鏡的她，看來有點累。

『威威走了。』她說。

『我知道。臨走的那天，他來找過我。』

『是嗎？』她很關心。

『只是來道別。』

『你知道他吃了莫札特嗎？』

『他說了。』

『他是個野人！』傷心的語調。

『這是他可愛的地方。』我說。

『我不知道爲甚麼會變成這樣。』她哭了。

『他覺得不快樂。』我說。

『我以爲他會和我分享我的一切。』

『他分享不到。不是想分享便可以分享的。』

誰不渴望分享自己心愛的人的成就和快樂呢？可是，對方的成就和快樂，有時候，卻偏偏變成大家的距離。愈是努力想去分享，愈覺得孤單。

『他走了，我很孤獨。』葛米兒說。

『你會慢慢習慣的，每個人也是這樣。』我忽然想起了她從前說過的話，我問她：『你不是說斐濟有一種魔法可以把心愛的男人留在身邊的嗎？』

『騙你的！如果有的話，便不會有人失戀了。』

沒有失戀者的世界，是不是會比現在美麗一點呢？也許是不會的吧？如果沒有失戀，我們怎會了解愛情，我們又怎會長大？

『你想家嗎？』我問葛米兒。

她點了點頭：『可是，我更喜歡這裡。在這裡，我可以做許多事情。威威本來說過要和我一起追尋夢想的。』

『他會永遠懷念你的。』我說。

葛米兒終於忍不住伏在桌子上嗚咽。

一個夢想把這兩個人從那個遙遠的地方送來，營養著他們的愛情；然而，同一個夢想，也把他們分隔了。

威威眞的如我所說的，會永遠思念葛米兒嗎？還是，回去斐濟之後，他會娶一個女人，生一窩孩子，或者再養一窩鵝，過著另一種生活？我們總是寧願相信，兩個曾經深愛過的人，分開之後，是仍然有一條繩子連繫著的。寂寞或失意的時候，我們會拉緊那條繩子，想念繩子另一端的人，他現在過著怎樣的生活呢？他愛著誰呢？離別之後，他會不會爲了使我刮目相看而更加努力？他曾思念著我嗎？還是，這一切的一切，只是女人一廂情願？我們總是希望舊情人沒法忘記我們，一輩子受盡思念的折磨。多麼善良的女人，在這個關節眼上，還是殘忍和貪婪的。

『威威眞的會永遠懷念我嗎？』葛米兒含著淚問我。

『是的。』我說，『直到你不再懷念他，他仍然不會忘記你。』

我同時也是說給自己聽。

愛隨謊言消逝了

Loyalty, Love's Betrayer

1

『你會不會愛上葛米兒？』我問林方文。

他望著我，沒好氣的說：『我爲甚麼會愛上她？』

『她可愛呀！』我說。

『你更可愛！』他用手拍拍我的頭。

『像土著一樣的女人，不是有一種特別的吸引力嗎？』我說。

『你也是土著！』

『甚麼土著？』

『香港土著！』他說。

這樣問，是因爲林方文告訴我，他要去學潛水。

『是跟葛米兒學嗎？』

『是參加潛水店的課程，學會理論之後，還要在泳池實習，然後才可以出海。那個時候，葛米兒便可以教我了。』

『會不會很危險？』我擔心。

『每一年，溺斃的人比潛水意外死亡的人多很多。』他說。

『那是因爲游泳的人比潛水的人多很多呀！』我說。

『放心吧！不會有事的。』

我沒有問他爲甚麼要去學潛水，他這個人，可以因爲興之所至而去做任何事情。只是，這一刻，我不知道他是爲了興趣還是因爲葛米兒的緣故。如果威威沒有離開，那該有多好？

我爲甚麼會擔心和懷疑呢？是我對他沒有信心，還是這種想法根本是很正常的？對於出現在自己所愛的男人身邊的任何一個稍微有條件的女人，我們總是有許多聯想的。他會被她吸引嗎？他會愛上她嗎？一生之中，我們重複著多少次這樣的憂慮？這些微小的妒忌，本來就是愛情的本質；可以是毫無根據，也毫無理由的。

2

沈光蕙終於和比她小三歲的余平志開始交往了。她自己大概也想不到吧？還是一名中學生的時候，她愛上了比她大三十六年的體育老師老文康；許多年後，她卻愛上了一個比她年輕的男人。命運眞愛開她的玩笑。

她說：『很久沒有被人追求了，有一個也是好的。』

沈光蕙好像從來不會很愛一個人。這些年來，我也從來沒有見過她癡癡地愛著一個男人。每一次談戀愛，她也是有所保留的。後來，我終於了解她。當一個人曾經被愛情出賣和玩弄，懷抱著恨；那麼，她唯一最愛的，只有自己了。

余平志有一位很愛下廚，也很會做菜的媽媽。她沒有一刻可以閒下來，心血來潮的時候，她會做許多美食拿去給朋友品嚐，沈光蕙也吃了不少，而且讚不絕口。那天晚上，沈光蕙就捧著一大盤余平志媽媽做的醉雞，約了朱迪之一起來我家。

那是我吃過的、最美味的雞。

『味道怎麼樣？』沈光蕙問我們。

朱迪之豎起大拇指說：『為了我們的幸福，你千萬不要跟余平志分手。你跟他分手了，我們便再吃不到這麼美味的菜。』

『她做的咖哩鴨比這個更好吃呢，那種味道，是我一輩子也不會忘記的！』沈光蕙說得眉飛色舞，『我懷疑我不是愛上余平志，而是愛上他媽媽做的菜！』

從前的人不是說，女人想要攻陷男人的心，要首先攻陷他的胃的嗎？然而，這些也許過時了。我記得我看過一段新聞，一個女孩子常常被她的廚師男朋友打得鼻青臉腫，終於有一次，她熬不住了，打電話報警，救護車來到，把她送去醫院。

記者問她：

『他這樣打你，你為甚麼還要跟他一起？』

那個兩隻眼睛腫得睜不開的女孩子微笑著說：『他做的菜很好吃，每次打完我之後，他都會做一道美味的菜給我吃，求我原諒他。』

這就是她愛他的理由。她也許是天底下最會欣賞美食的人。爲了吃到最好的，她甚至甘心捱打。肚子的寂寞，比心靈的寂寞更需要撫慰。愛欲和食欲，是可以結合得如此淒美的。

沈光蕙說：『他媽媽是烹飪神童，她很小的時候已經會做蛋糕。』

『說起神童，你們記得我們小時候有個神童名叫李希明的嗎？』朱迪之問。

我怎會不記得呢？他的年紀和我們差不多。我在電視上看過他表演。他是心算神童，他心算的速度比計算機還要快，幾個成年人全都敗在他手上。那個時候，我不知道有多麼羨慕他。爲甚麼我不是神童呢？我眞的希望自己是神童，那麼，我的人生便會很不平凡。

『他現在在我們律師行裡當信差！』朱迪之說。

『不可能吧！他是神童來的！』我說。

『眞的是他！他並沒有變成一個不平凡的人。而且，他計算的速度也跟我差不多。』朱迪之沾沾自喜的說。

『難道他的天賦忽然消失了？怎麼會這樣？』沈光蕙問。

一個曾經光芒四射的神童，結果成爲一個平凡的人，甚至考不上高中，這個故事不是很傳奇嗎？我問朱迪之：

『我可以跟他做訪問嗎？』

『我試試看吧。他人很好的，應該沒問題。』

李希明爽快的答應了我的要求，我們相約在律師行附近的咖啡室見面。他來了，神情很羞澀。我對他的容貌，開始有點記憶了。這位當年我既仰慕又妒忌的神童，已經長大了，就坐在我面前。我以爲他會痛苦，然而，對於往事，他似乎並不留戀。

除了數學，李希明在其他方面的成績並不好。他的天才，好像是在十一歲那年，不知道甚麼原因，突然消失的。

『我爸爸當時帶我去看了很多醫生，他認爲我是生病了。他不能夠接受我不再是神童。』李希明告訴我。

『那你自己呢？會不會很難受？』

他聳聳肩膀說：『做神童一點也不開心！其他小孩子會妒忌你，而成年人卻只會出題目考你。神童是沒有朋友的。』

他又說：『另外一位神童，不知道現在變成怎樣呢？』

『還有另一位神童嗎？』我奇怪。

他點了點頭：『我們比試過的，他贏了我。因爲我們是在一位數學教授那裡比試，而不是在電視台表演，所以，知道的人並不多。』

『他叫甚麼名字？』

『韓星宇。』李希明說。

『他現在在甚麼地方？』

『這個我倒不知道了。』

『你記不記得那位教授的名字？』

『是莫教授，他家裡有許多很美味的巧克力餅乾。』他微笑著回憶。

另一個神童的人生又會是怎樣的呢？當時的我，只是想把他找出來，跟李希明的訪問放在一起。我沒有想到，那同時也是我的另一個故事。

3

我去拜訪了莫教授，那個時候，他已經退休了，滿頭白髮。提起韓星宇，他還是記憶猶新。

『那是二十一年前的事了，他是我見過最聰明的小孩子。』莫教授戴上老花眼鏡在書架上找資料。

『找到了！』他拿出一本已經發黃的記事簿，翻到其中的一頁。

『我把當天的情況記錄了下來。』莫教授說，『他在一分鐘之內可以算出3,869,893的立方根是157。他更能夠心算出3,404,825,447的八次方根是23！當時他只有八歲，他的智商絕對不會少於二百。』

『你知道他現在在甚麼地方嗎？』

『他十一歲時跟家人移民到美國了，聽說他十四歲已經考上麻省理工學院。以後的事，我就不清楚了。』

難道要到美國去找他嗎？我不禁洩氣。

我問莫教授：『神童有甚麼特徵？』

莫教授摘下老花眼鏡，說：『他們通常都擁有驚人的記憶力，而且回憶的速度極快。他們的世界是我們沒法理解的。』

『那麼，一個神童又爲甚麼會突然失去神奇的力量，變成一個普通人呢？』

『這個我也不知道。也許，當一個人長大了，思想複雜了，心思不再澄明了，也就沒辦法像小時那樣專注。小時候，他們是一面放大鏡，看甚麼都比別人清晰，長大了，這面放大鏡也壓平了，再沒有甚麼特別。』莫教授說。

然而，韓星宇畢竟比李希明幸運。他十四歲便考上大學，證明他的人生將會很不平凡，上帝特別眷顧他。

『原來在這裡！我當天跟他們兩個拍了一張照片。』莫教授在一堆舊資料中找到一個發黃了的木相架。

相片中，站在莫教授左邊的是李希明，右邊的那個，便是韓星宇。他長得比李希明高一點，同樣有著羞澀的神情，眼睛很大，頭髮有點天然鬈曲。

他究竟在哪裡呢？

4

我打電話到美國那邊調查，結果發現，韓星宇的確是十四歲考上大學的。在博士班畢業時，他是班上最年輕的博士，而且一直也是拿獎學金的。

然而，更驚人的發現是，他在兩年前已經回來香港了。

他就在香港嗎？

我翻查電話簿，找不到用他名字登記的用戶。他在哪裡呢？難道我要登報尋找這位神童的下落嗎？

那天，在律師行附近的咖啡室跟朱迪之見面時，她想到一個找韓星宇的方法。

『說不定他在這兩年內有買賣過房子，我可以回去律師行查一查的。』她說。

『你也想知道他變成怎樣嗎？』我問。

『是爲了幫你寫好那篇神童故事呀！當然，我也想知道另一個神童的遭遇。』

『如果讓你選擇，你會寧願自己是韓星宇還是李希明？』

『那還用說？當然是韓星宇了。』

『但是，從這個角度去寫的話，對李希明是不公平的。他現在很快樂，也很滿足。』

朱迪之用手支著頭，一邊幻想一邊說：『對呀！韓星宇現在也許很不快樂！』

『其實，你也是神童！』我說。

她興奮的跳了起來：『是嗎？是嗎？這個我自己也是知道的。』

『你當年只有十四歲，已經開始談戀愛，等於現在的十歲。對於性愛，你尤其有天份，你不是性愛神童又是甚麼？』我戲弄她。

她嘟著嘴巴說：『你說得太誇張了吧！你千萬別在陳祺正面前說我十四歲便開始談戀愛。』

『你是怎樣跟他說的？』

『我告訴他，他是我第二個男人。』

『說是第一個已經不可能了吧？』我說。

『就是呀！其實，我也沒有說謊，他是我第一個愛的男人。遇上了他，我才知道從前那些根本不是愛，不值得再去提起。愛一個人，你是會自愛的。讀書很吃力，我曾經想過放棄；然而，我知道我要上進。他讓我活得有尊嚴。』

她終於找到了圓滿的愛情。只是，後來又有些不一樣了。愛，總是有遺憾的。陰晴圓缺的，並不單單是月色。

『你猜你會不會找到韓星宇？』朱迪之問我。

『我會找到他的！』我不知道是哪裡來的感覺，我相信我早晚會找到他。

『當你終於找到這個神童，他也許已經變成一個花甲老翁了。』

最好不要這樣吧？

等消息的那段日子，我看了一些研究天才兒童的書，還有幾本以天才兒童作爲主角的小說。天才兒童似乎都是不快樂的。可是，常人不是也會不快樂嗎？我想起了莫札特，不是那隻可憐的鵝，而是天才橫溢的莫札特。他死於三十五歲，也許是好的。他永遠沒有機會看到自己的天賦忽然有一天消失得無影無蹤。到死的那一天，他還沒有被貶下凡塵。上帝是厚愛他了。

5

朱迪之那邊一直找不到頭緒。

韓星宇不是念電腦的嗎？既然他回來香港，應該也是做著和電腦有關的工作吧？神童本來就是一部有人性的電腦，有比電腦更適合他們的行業嗎？我怎麼沒想到？

我翻查了所有電腦公司的資料，目標集中在有規模的電腦公司裡。終於，我找到他了。當電話接線生說：『我們這裡是有一位韓星宇先生。』那一刻，我簡直興奮得跳上了半空。

他的秘書卻說：

『韓先生去了遊樂場。』

難道他的心理年齡仍然停留在十歲？

我留下了我的聯絡方法。第二天，我接到韓星宇打來的電話，他的聲音爽朗而愉快。

我直截了當的說：

『我想跟你做一個訪問。』

『是關於甚麼的？』他問。

『神童的故事。』我說。

他在電話那一頭笑了起來，爽快地答應了。我當天就來到他的辦公室。

我以爲神童長大了會比同年齡的人蒼老。然而，站在我面前的韓星宇，一臉孩子氣，謙謙有禮。就跟照片上的一樣，他有一雙大眼睛，只是那頭天然鬈曲的頭髮不見了，也許是剪掉了。他現在是這家背景雄厚的電腦公司的總裁。我發現他是個左撇子，李希明卻不是。難道善用右腦的左撇子眞的比較聰明嗎？

『你怎會知道我的事？』韓星宇好奇的問我。

『我見過莫教授。』我說。

『喔，莫教授他好嗎？』

『他退休了，但是，他對你的印象很深呢。』

『他那裡有最好吃的巧克力餅乾，是他太太做的。我是爲了那些餅乾才去給他做實驗的。』韓星宇微笑著回憶。他最懷念的，不是八歲時已經能夠在一分鐘之內心算出一個七位數字的立方根和一個十位數字的八次方根，而是教授太太的巧克力餅乾。

『李希明也是最懷念那些餅乾。』我笑著說。

『你見過李希明嗎？他現在好嗎？』

『他在我朋友工作的律師行當信差。十一歲那年，他的天賦突然消失了，變回一個平凡的人。』

『你的故事是要把我們兩個放在一起比較嗎？這樣不是太好。』他關切的問。

我曾經以爲他會是個怪人，他的智慧卻並沒有使他變得無情和驕傲。

『人是沒得比較的，我也不打算這樣做。』我說，『李希明現在活得很快樂，他並不懷念做神童的日子。我想寫的是兩個被認爲是天才的孩子的成長和夢想。』

『好吧！我接受你的訪問。』他說。

他又問我：『你是怎樣找到我的？』

『那個過程很曲折。』我說。

我把尋找他的經過大致跟他說了一遍。

『兩年前，我還不是在這個行業裡。』他說。

『你在哪裡？』

『在華爾街一家外資銀行當總裁。』

『那時你只有二十六歲，你的下屬會聽命於一位這麼年輕的總裁嗎？』

他笑了：『當時我冒充三十歲。』

『爲甚麼會跑去華爾街呢？你念的是電腦。』

『我要去了解金錢。』

『了解？』

『了解資金的運作，將來才可以做好電腦這盤生意。找不到投資者的話，多麼棒的夢想也是沒法實現的。』

『那麼，你的夢想是甚麼？』我問。

『我們現在正努力發展一套資訊超級公路的軟體。』

所謂資訊超級公路，就是我們後來所知道的互聯網。在一九九四年，互聯網這個名詞還沒有流行起來。

『到時候，這個世界將會起了翻天覆地的變化。世界上的距離將會縮小，而知識將會是免費的。』

『那麼，你想做的是——』

『網上大學。』他說，『每個人都可以在網上得到知識。』他躊躇滿志的說。

『你爲甚麼要回來香港呢？在美國發展不是更好嗎？』

『我想爲中國人做點事。將來，網上大學要在中國大陸發展。』

他滿懷憧憬，我卻覺得驚心動魄。這是一條多麼遙遠的超級公路？在香港這個細小的都市裡，理想是奢侈的；在我面前的這個人，卻爲了理想而奮鬥。

『也許我會失敗。』他說。

『沒有理想的人生，不也是失敗嗎？』我說。

『你喜歡唐吉訶德嗎？』他問。

我本來想說，我上中一時讀過塞萬提斯這本小說，那時我十一歲，誰知道他說：

『我六歲時第一次讀《唐吉訶德》，便愛上了他。他也許是個瘋子；但是，我喜歡他的精神，人有時候總要去夢想那不可實現的夢想。』

我們談了很多關於他的工作的事。末了，我問他：『神童的生涯快樂嗎？』

『上大學時是最不快樂的。』他說。

『爲甚麼？』

『我十四歲上大學，所有女同學都比我大四、五年。她們把我當做小孩子，不會和我約會。』他笑著說。

『你現在的心理年齡也是二十九歲嗎？』我問。

『為甚麼這樣問？』

『你秘書昨天說你去了遊樂場。』

『是的，我去想事情。』

『去遊樂場想事情？』

『我童年時沒有去過遊樂場。』他說，『我跟其他小孩子合不來。為了證明自己與別人不同，我硬說去遊樂場太幼稚了。長大之後，我才知道自己失去一些甚麼。』

『你喜歡玩哪種遊戲？』

『迴轉木馬。』他帶著童稚的微笑說。

『我也是！』我興奮地說。

『最好玩的迴轉木馬是歐洲那些跟著流動遊樂場四處去的迴轉木馬。沒有固定的地址和開放時間，駕車時遇上一個迴轉木馬，便可以立刻把車子停在一旁去玩，有一種偶遇的驚喜。』整個訪問的過程裡，這是我見到他的最童眞的一刻。

『你爲甚麼喜歡玩？』他問我。

『我喜歡那永遠不會停的感覺。』我說。

『但是，音樂會停。』他說。

『是的，那是我最失落的時候。不過，音樂一定會再響起來。』我說。

那是我爲甚麼喜歡迴轉木馬的原因，它是一片永不之地，永遠不會結束，永遠圓滿。

人生要是那樣，那該有多好？

可是，人生總是要我們在遺憾中領略圓滿。不是嗎？我們從分離的思念中領略相聚的幸福。我們從被背叛的痛苦中領略忠誠的難能可貴。我們從失戀的悲傷中領略長相廝守的深情。

那一刻，我也沒有想到，在追尋韓星宇和與他相識的過程裡，我也同時偶遇了一片永不之地。

6

自從那次訪問之後，我沒有再見過韓星宇。後來有一天，我們又碰面了。

那天晚上，我和朱迪之一起去看電影。散場之後，我碰到也是剛剛看完電影出來的韓星宇。他身邊還有一位蓄短髮、戴眼鏡、個子小小，看上去很靈巧的女孩了，看來是他女朋友。

他主動走上來跟我說：

『你那篇訪問寫得很好。』

『謝謝你。』我說。

『很感性。』他說。

我們說過再見，他匆匆的走了。

『他就是那個神童韓星宇嗎？』朱迪之問我。

我點了點頭。

『他的外表和談吐跟普通人沒有分別呀！』朱迪之說。

『神童長大了，也是普通人，不會變成外星人。』

『是的！雖然你說我是性愛神童，可是，我長大之後也不會有四個乳房。我還是跟其他女人一樣，也會失戀。』

『他女朋友看上去也很聰明呀！』我說。

『她會不會也是神童呢？』朱迪之說。

『如果兩個人都那麼聰明，才不會談戀愛呢！聰明的人，會愛自己多一點，只有笨蛋才會愛對方比愛自己更多。』

『那我們都是很笨的。』

『難道我們三個人之中，沈光蕙是最聰明的？』

『當然了！她從來不會太愛別人。』

朱迪之又問我：『爲甚麼最近總是你一個人，林方文呢？』

『他很忙呀。葛米兒的新唱片正在錄音，所有的歌詞都是他寫的。有時間的話，他也會去潛水。』

『跟誰潛水？』

『跟葛米兒。』

『他們天天在一起，你不怕嗎？』

『那是工作呀！』

雖然我是這樣說，我可不是一點也不擔心的。

『葛米兒是聰明的呢？還是笨的呢？』朱迪之問我。

『她不是太聰明。』

『那就糟了！』

『爲甚麼？』

『那她會愛對方多一點，她會付出更多。』

『但她也不笨呀！』

『那更糟了！』

『爲甚麼？』

『那就是難以捉摸了。她有時會很愛對方，有時又會很愛自己。』

『那我呢？我算不算是難以捉摸？』我問。

『你？你人這麼癡心，林方文只要用一根釘子就可以把你死死的釘在牆上。』

『癡心已經不流行了。』我說。

『你從來也不是個流行人物。』她說。

『那現在流行些甚麼？』

『只是對自己的感覺負責任，只忠於自己。』

『你跟陳祺正也是這樣嗎？你不是說自己很愛他的嗎？你也不流行。』

『但是，我比你流行一點點。』

『葛米兒是二十歲吧？』她問。

『嗯。』

『但是，你已經二十六歲了。』

『你想說我比她老，是不是？』

『男人都喜歡年輕的女孩子。』

『二十六歲也不老。』

『總會有比我們年輕的女孩子出現。』

『也總會有比我們年輕的男人出現。』我說。

『可是，那時我們也許已經太老去被他們所愛了。男人卻不一樣，他們永遠不會太老去被一個年輕的女孩子愛上。』

林方文會因爲葛米兒比我年輕而愛上她嗎？我了解的林方文不是這樣的一個人。如果他會愛上別人，那是因爲他太忠於自己的感覺了，他也是一個笨蛋。

那個晚上，跟朱迪之分手之後，我並沒有回家，我去了林方文那裡。

他還沒有回來，我趴在他的床上，抱著他的枕頭，深深地思念著他的體溫。愛一個人，不是應該信任他的嗎？不是說愛裡面沒有懼怕的嗎？我爲甚麼要害怕？

午夜的時候，他回來了。

『你來了嗎？』他站在床邊，溫柔的問我。

我站起來，撲到他身上，用我的雙手和雙腳緊緊地鎖住他。

他給我突如其來的熱情嚇到了，抱著我問：『你幹甚麼？』

『你是聰明人還是笨蛋？』我問。

他沒有回答我，我也沒有告訴他我爲甚麼要這樣問。他的身上，有著我徹夜思念的體溫。他的愛，從未缺席過。他怎會離開我呢？

7

有些女人會跟男朋友身邊所有的女人刻意發展友誼。一旦大家成爲好朋友，那些女人便怎麼也不好意思愛上她們的男朋友。她們在男朋友的周圍佈下這套紅外線保安系統。誰能說這不是一種深情呢？要很努力和很愛他才肯這樣做的。

我也可以跟葛米兒做朋友。可是，我壓根兒就不是這種人。況且，有哪個女人可以保證她的好朋友不會愛上她的男朋友呢？

沒有安全感的愛，是累人的。我會因此而看不起自己。

朱迪之問我，可不可以找葛米兒到陳祺正的學校裡唱歌。陳祺正任教的中學，是專門接收情緒和行爲有問題的學生的。那些學生都是來自很複雜的家庭，少一點愛心，也無法在那裡教書。陳祺正卻是個很受學生歡迎的老師。對著這位老師，我怎能夠說不呢？

我打了一通電話給葛米兒，她很爽快的答應了。

『我看了你寫的那兩個神童的故事，很有意思呀！』她在電話那一頭說。

『謝謝你。』

『我也愛吃巧克力餅乾，可是，我不是神童。威威做的巧克力餅乾也很好吃，自從他走了之後，我沒吃過甚麼好東西。』

她仍然懷念著威威嗎？我的心忽然篤定了。

我找她，真的是爲了陳祺正嗎？還是我也像那些女人一樣，想跟有機會成爲情敵的女人做朋友？連我自己也無法確定。

葛米兒來學校唱歌的那天晚上，我和朱迪之也去了。在舞台上光芒四射的她，擁有其他女孩子沒有的吸引力。她能夠把林方文的歌用最完美的聲音和感情唱出來，這是我永遠無法爲他做到的。

我坐在第一排。這天晚上，葛米兒穿了一條閃亮亮的短褲，左腳腳踝上那個萊納斯的刺青也隨著她的身體在跳動。

『她腳上有個刺青呢！是萊納斯。』坐在我身邊的朱迪之說。

『是的，是萊納斯。』我說。

葛米兒喜歡的，就是像萊納斯那樣的男孩子嗎？永遠長不大，充滿智慧卻又缺乏安全感。我忽然害怕起來，她的腳踝上爲甚麼不是史努比或查理．布朗呢？林方文從來不是這兩個角色；他是萊納斯。

8

一個滿月掛在天空，表演結束之後，我坐葛米兒的車子回去。她探頭出窗外，望著月光說：

『在斐濟，每逢月滿的晚上，人們會到海邊去捉螃蟹和比目魚，然後舉行豐盛的筵席。』

『爲甚麼要在月滿的晚上？』

『因爲只有在月滿的晚上，螃蟹才會大批的爬到沙灘上，而比目魚也會游到淺水的地方。』

『牠們要在那裡相會嗎？螃蟹和比目魚。』

『沒有人知道呀！』她說。

也許，螃蟹和比目魚都約定了自己的情人，每逢月滿在沙灘上相會。牠們卻不知道，月亮是死亡對牠們的呼召。又或許，牠們不是不知道的，然而，爲了見心愛的人一面，即使會死，牠們也願意冒險。

我和林方文再走在一起的那個晚上，是一九九二年的除夕。他約了我在蘭桂坊見面，我沒有去。結果，他來了我家。第二天，我才知道我們逃過了一場大難。除夕的晚上，那裡發生了人踏人的慘劇。許多年輕人在歡天喜地迎接新年的一瞬間，被死亡召喚了。其中一名男死者，用血肉之軀保護著懷裡的妻子。他伏在她背後，任由其他人踩在他身上。他死了，他的妻子倖存。他用自己的生命拯救了她。在那個可怕的夜晚，他的摯愛深情，在血紅的地上開出了漫天的花。

我常常想，如果那個晚上我和林方文也在那裡，他會捨身救我嗎？有誰知道呢？每個女人也曾經在心裡問過，她所愛的男人會爲她死嗎？不到那一刻，誰又能夠保證呢？

也許，我們不應該期待那一刻的降臨。我們寧願一輩子也平安幸福，一直相信自己所愛的人會爲自己捨棄生命。這樣相信，已經足夠了，愛情的深度，還是不要去求證的好。

9

葛米兒忽然問我：

『你見過麵包樹嗎？』

『見過了。』我說。

她說：『在斐濟，到處都是麵包樹。我們把果實摘下來之後，會跟螃蟹、比目魚和海鮮，一起放進土穴裡烤。烤熟之後，很好吃的呢！眞想吃麵包樹，香港是沒有的吧？』

我笑了笑：『這裡只有麵包和樹。』

『太可惜了！』她臉上流露失望的神情。

麵包樹的果實眞的有那麼好吃嗎？葛米兒思念的，也許不是麵包樹，而是她的第二個故鄉。威威不是說，他以後有了兩次鄉愁嗎？

『如果回去斐濟的話，我帶一個麵包樹的果實回來給你吃！最大的果實，像一個西瓜那麼大呢！』她用手比劃著。

那一刻，我竟然想跟她說：『那你快點回去斐濟吧！最好不要再回來！』

我是多麼的懦弱？我沒膽量去求證愛情的深度。

葛米兒說：『威威有一個朋友，就是給麵包樹掉下來的果實砸死的！那是很罕有的意外呢！』

『麵包樹的果實有那麼重嗎？』我嚇了一跳。

『那是千年難得一見的，最巨大的果實！』她說，『那天，他與女朋友在那株麵包樹下面談情，一個巨型的果實突然掉下來，不偏不倚的砸中了他的腦袋瓜。臨死之前，他剛剛跟她說：「我會永遠愛你！」沒想到他說完了，就死了，那是他在這個世界上說的最後一句話。』

『死了，那便眞的是永遠了。』我說。

『是的。他沒有機會愛別的女人了。』

『我會永遠愛你！』到底是謊言，還是詛咒呢？我想起牛頓。一個月夜裡，牛頓坐在一株蘋果樹下沉思，被一個掉下來的蘋果砸中了，發現了地心吸力和萬有引力。如果牛頓當天是坐在一株麵包樹下，那會不會是另一個結局？上帝有多麼的不公平？坐在蘋果樹下的，成爲了偉大的科學家。在麵包樹下面信誓旦旦的，卻成了孤魂野鬼。上帝是叫世間男女不要相信永遠的愛情嗎？

『你喜歡萊納斯的嗎？』我問葛米兒。

『喔，是的！《花生漫畫》之中，我最喜歡他！』

『你不會嫌棄他這個人太缺乏安全感嗎？』

『也許是因爲我太有安全感了，所以我不會怕。』她說。

愛情本來就是尋找自己失落了的一部分，重新結合，從而找到了完整和塡滿。充滿安全感的人，愛上一個缺乏安全感的，就是與失落的部分重新結合嗎？

我和林方文是哪一個部分結合了？

葛米兒說：『我不是告訴過你斐濟土著有一種法術使男人永遠留在女人身邊的嗎？』

『你說是騙我的。』

『也不全是騙你的。』

『眞的有這種法術嗎？』

『那不是法術，那是一種迷信。』她說，『很久很久以前，斐濟土著會爲七歲以上的女童舉行成人禮。所謂成人禮，就是由一位世襲的女紋身師用削尖了的貝殼或木材在女童的屁股上紋上圖案。』

『是甚麼圖案？』

『就像陶瓷上的花紋，都是斐濟人的日常生活，例如是捕魚和饗宴。』

『那不是很痛嗎？』

『是的！有些女童會徹夜慘叫，有些女童根本沒法忍受。完成了成人禮的女童，嘴角會紋上兩個圓點或一彎新月作爲記號。斐濟土人相信，屁股上的刺青會令女童永遠漂亮和性感，將來能夠讓男人對她們傾心。』

『要用屁股來交換男人的愛，那太可怕了！』我隔著褲子摸摸自己的屁股，幸好，它是嫩滑的。

葛米兒雙手抱著腳踝，說：『所有的法術，都是驚心動魄的。』

是的，所有俘虜情人的法術，無一不是玉石俱焚，相生相滅的。我們用愛去換愛，用感情去換感情，用幸福去換幸福；也許換到，也許換不到。螃蟹和比目魚在月夜裡爬上海灘，成爲了人們鍋中的食物。如果牠們沒有死掉，便能夠換到一個快樂的晚上。

分手的時候，葛米兒問我：『你覺得自己幸福嗎？』

我微笑著點點頭。

後來，我有點後悔了。幸福是不應該炫耀的。炫耀了，也許便會破滅。到時候，我又用甚麼去換回我的幸福呢？

10

葛米兒的唱片推出了。整張唱片的歌詞都是林方文寫的。那些歌很受歡迎，電台天天在播。唱片的銷量也破了她自己的紀錄。

在祝捷會上，葛米兒公開地說：

『要感謝林方文，沒有他，也不會有我。謝謝他為我寫了那麼動人的歌詞，這是我的幸福。』

林方文沒有在那個祝捷會上出現，他幾乎從來不出席這種場合。他沒去也沒關係，大家都說他和葛米兒是金童玉女。

金童玉女，不是我和他嗎？

在報館裡看到這段娛樂新聞的那一刻，我心裡充滿了酸溜溜的感覺。我爲他的成功而驕傲；可是，有哪個女孩子會喜歡自己的男朋友跟另一個女孩子成爲金童玉女呢？這是很難接受的吧？

11

當我滿心酸溜溜的時候，林方文的電話打來了。

『你在哪裡？』他的聲音很愉快。

聽到他的聲音，我卻妒忌起來了。

『不是說今天去潛水的嗎？』我問。

『我在船上，一會兒就跳下去。』他說。

『那還不快點跳？』我冷冷的說。

『幹嗎這麼快？』他笑嘻嘻的問。

『海裡的鯊魚已經很餓了！』我說。

『你想我給鯊魚吃掉嗎？』

『求之不得。』

『你這麼恨我嗎？』

『恨透了！』

『爲甚麼？』

『恨你也需要理由的嗎？』

『那總要讓我死得瞑目！』

『恨你就是因爲你太可恨！』

『你是從來沒有愛過我的吧？』他故意裝著很可憐的問我。

『誰愛過你？』

『既然你從來沒有愛過我，你爲甚麼和我睡？』

『你想知道理由嗎？』

『嗯。』

『難道你自己看不出來的嗎？你不過是我的洩慾工具！』我笑呵呵的說。

『做了你的洩慾工具那麼多年，你總會對我有點感情吧？』

『有是有的，就是對於洩慾工具的感情。』

『萬一我給鯊魚吃掉了，你便連個洩慾工具也沒有。』

『那沒關係，反正我已經厭倦了你。』我說。

『你怎可以厭倦了我呢？我還沒有厭倦你呀！』

『那可不關我的事！首先厭倦對方的，當然是佔上風的了。』

『難道你不需要我嗎？』

『我怎會需要你？我們又不是金童玉女！』我故意那樣說。

『那我們是甚麼？是東邪西毒嗎？』

『是南杏北杏！』我沒好氣的說。

『甚麼南杏北杏？』

『就是南杏仁和北杏仁。』

『杏仁？就是兩個心呀！』他高興的說。

『吃多了便會中毒！根本我不是你甚麼人！你也不是我甚麼人！』

『你眞是沒良心！』

『你現在才知道嗎？那你還不快點跳下去！』

『那我跳了！也許你以後再也見不到我。』

『但願如此！』

『我跳了！』他悲傷的說。

電話眞的掛斷了。我連續打了很多次，他沒有再接電話。

他眞的跳了下去嗎？他當然知道我是跟他鬧著玩的。海裡的鯊魚卻不會鬧著玩。他會遇到鯊魚嗎？會有其他意外嗎？我很後悔那樣詛咒他。他不是我的洩慾工具。他是我的愛和欲，他不可以死。

那個時候，我不知道多麼後悔跟他開那樣的玩笑。他不回來了怎麼辦？直到黃昏，我才終於找到他。

『你在哪裡？』我問他。

『在船上，剛剛從水裡上來的。你找我有事嗎？』他氣定神閒的說。

『看看你有沒有給鯊魚吃掉。』

『你現在很失望吧？』

『是的，失望極了。』

『你對我眞的是有欲無情嗎？』

『那當然了。』

『我可以來找你嗎？』

『你找我幹甚麼？我根本不想見到你。』

『但是，我想見你。』

『你爲甚麼要見我？』

『就是要做你的洩慾工具。』他嬉皮笑臉的說。

『我不要你。』我說。

那天晚上，他來了，臉和脖子曬得紅通通的。我們並沒有分離；然而，那一刻，當他安然無恙的站在我面前，我竟然有著在茫茫人海中跟他重逢的感覺。也許，曾經有千分之一或者萬分之一的機會，他遇到了意外，我們便再也沒法相見。我整整一天惦念著他，牽腸掛肚，都是自己作的孽。女人要是詛咒自己所愛的男人，最終受到懲罰的，原來還是她自己。

『你不想見我嗎？』他問。

『誰要見你？』我說。

『既然不想見我，那就闔上眼睛吧。』

『爲甚麼要闔上眼睛？』

『那就再見不到我了！快點！』

我唯有闔上眼睛。他拉著我的兩條手腕，我的雙手突然感到一陣冰涼，他把一個小小的圓球放在我手裡。我張開眼睛，看到我手上的一顆風景水晶球。

『送給你的。』他說。

那不是我們童年時常常玩的東西嗎？不是已經絕跡了嗎？

水晶球裡面嵌著海底的風景。牛奶藍色的珊瑚礁、綠色的海藻和黃色的潛艇，在水波裡飄浮。幾隻紙摺的、彩色的魚兒輕盈地飛舞，緩慢而慵懶，在水色裡流轉。水晶球裡，空氣便是水，明淨而清澈。我小時候也擁有過一個風景玻璃球，水液流波裡，是古堡和雪景，雪花紛飛飄落，永遠的重複著。那是童年時一個美好的回憶。玻璃球裡，一切景物都是永恆的，讓我們遺忘了變遷。

『這個水晶球，是可以許願的嗎？』我把它放在眼前。

『你想的話，爲甚麼不可以？』林方文說。

『爲甚麼要送這個給我？』

『讓你也看看海底的風景。』

『你看到的海底和我看到的海底是一樣的嗎？』

『只是沒有潛艇。』

『也沒有鯊魚？』

『是的。』

『那太好了。』我說。

『那潛水員呢?』我問。

『躲起來了。』他俏皮的說。

我把水晶球從左手掉到右手,又從右手掉到左手,它在我手裡流轉。如果眞的可以許願,我要許一個甚麼願呢?是永不永不說再見的願望嗎?終於,我知道,要永不永不說再見,那是不可能的。

12

後來有一天晚上,我在銅鑼灣鬧市裡碰到葛米兒,她在那兒拍音樂錄影帶。水銀燈的強光把漆黑的街道照亮了,工作人員利用一輛水車製造出滂沱大雨的場景。那裡圍了很多人,我走到人群前面,想跟她打招呼。她正低著頭用一條毛巾抹臉,當她抬頭看見了我,她遲疑了一會才走過來。

『很久不見了!』她熱情的說。她的熱情,卻好像是要掩飾剛才的猶豫。

『拍完了嗎？』我問。

『還沒有呢！看來要拍到半夜。』她說。

一陣沉默之後，導演把她叫了過去。

她在雨中高唱林方文的歌，水珠灑在我身上，我悄悄的穿過人群離開了。回家的路上，見面的那一幕，在我腦海裡重演又重演。看到我的時候，葛米兒爲甚麼會有片刻的遲疑呢？她好像是在心裡說：『喔，爲甚麼要碰到她呢？』從前每次見面，我們也有說不完的話題；這天晚上，我們之間，卻似乎相隔了一片雲海。是她太累了？還是她在迴避我？

睡覺的時候，我把那個風景水晶球抱在手裡；時光流水，雙掌之間，有著幸福的感覺。這一切是假的嗎？水深之處，是不是有我不知道的秘密？林方文說的，徹底的盲目，才有徹底的幸福。在那個漫長而痛苦的夜晚，我多麼討厭自己是一個太敏感的人？

13

『請給我一杯草莓冰淇淋。』我跟年輕的女服務生說。

這個小眼睛、圓臉孔的女孩子，帶著燦然的微笑問我：

『在這裡吃，還是帶走的？』

『在這裡吃的。』我說。

下班之後，我一個人跑到淺水灣這家麥當勞餐廳吃草莓冰淇淋。平常我是不會一個人跑到這麼遠的地方的，而且只是爲了吃一杯冰淇淋。可是，那天晚上，我就是想這樣。

從前，我是不大愛吃甜的；然而，那段日子，我忽然愛上了甜的東西。所有甜的味道，似乎總是能夠讓人感到幸福的吧？砒霜好像也是甜的。

童年時，我聽過一個關於砒霜的故事。聽說，有一個人吞砒霜自殺，臨死之前，他在牆上寫了一個字母S。這個S，到底是sweet還是sour呢？沒有人知道，砒霜是甜還是酸的，永遠是一個謎。也許，那個S並不是sweet或sour，而是smile或者stupid。那人是含笑飲砒霜。不管怎樣，我想，砒霜是甜的，否則怎會含笑而飲？所有毒藥都應該是甜的。

已經是冬天了，沙灘上只有幾個人，也許都是來看日落的。日已西沉，他們也留下來等待星星和月亮。

上大學時，最刺激的事便是跟林方文一起逃課來這裡吃漢堡包。懷著逃課的內疚，從香港大學老遠的跑到淺水灣來，不過是爲了吃一個漢堡包。這裡賣的漢堡包跟市區的並沒有分別；不一樣的，是這裡的風景和心情。我們常常拿著漢堡包和汽水在海灘上等待一個黃昏。那個時候，快樂是多麼的簡單？

夜已深了，餐廳裡，只是零零星星的坐著幾對親暱的情侶，格外顯得我的孤獨。偶爾抬頭的一刻，我發現一個女孩子跟我遙遙相對，也是一個人在吃草莓冰淇淋。她看到了我，微微的跟我點了點頭。

她不就是韓星宇的女朋友嗎？我們在電影院外面見過了。

她爲甚麼會一個人在這裡？

她身上穿著黑色的裙子，旁邊放著一件灰色的大衣和一個黑色的手提包，看來是剛剛下班的樣子。這一身莊重的打扮跟她手上那杯傻氣的冰淇淋毫不相配。那張聰穎的臉孔上，帶著苦澀的寂寞，跟那天在韓星宇身邊的一臉幸福，是完全兩樣。她爲甚麼來這裡呢？原來除了我之外，還有人是特地來淺水灣吃草莓冰淇淋的嗎？那是怎樣的心情？

我也微笑的跟她點了點頭。我們並不認識，也不知道彼此的心事，素昧半生。然而，在目光相遇的那一刻，卻有著相同的落寞。她是失戀了嗎？還是依舊在情愛的困頓中打轉？

今夜，月是彎的。我看到的月光，跟林方文看到的還是一樣的嗎？從前的快樂和背叛總是千百次的在我心裡迴盪。他是我一直嚮往的人。他是不是又再一次欺騙我？人有想像是多麼的無奈？想像強化了痛苦，使痛苦無邊無涯，如同我這一刻看不見海的對岸。

漫長的時光裡，跟我遙遠相對的那個女孩子，也和我一樣，低著頭沉默地吃著手裡那杯久已溶掉了的冰淇淋。當我看不見她時，她是在看我嗎？我好像在她身上看到了我自己，她是不是也在我身上找到了一種同病相憐的慰藉？我們那麼年輕，在這樣的晚上，不是應該和心愛的人一起追尋快樂的嗎？爲甚麼竟要流浪到這個地方，落寞至此？我們由於某種因緣際會而在這裡相逢，是命運的安排嗎？

最後，店裡只剩下我們兩個人，形影相弔。月是缺的，是要我們在遺憾裡緬懷圓滿的日子嗎？

14

『請你給我一個漢堡包。』我跟那位年輕的女服務生說。

她依舊帶著燦然的微笑問我：『在這裡吃，還是要帶走的？』

『帶走的。』我說。

風很冷，我把那個溫熱的漢堡包抱在懷裡。我要帶去給林方文吃，給他一個驚喜。這不是一般的漢堡包，這是淺水灣的漢堡包，帶著淺水灣的氣息和心情，也帶著我們從前的回憶。

下車之後，要走一小段路才到。我愉快地走在風中，也許，待會他會告訴我，一切都是我自己的幻想，根本從來沒有發生。

然而，我終於知道這一切不是我的幻想。

我在那座公寓外面見到葛米兒。她穿著鴨綠色的羊毛衣和牛仔褲，身上斜掛著一個小巧的皮包，從公寓裡神采飛揚的走出來，那張微紅的臉上帶著愉快的神色。那種姿態心情不像是來探訪一位朋友，而更像是探訪一位情人。由於心情太愉快了，嘴巴也不自覺的在微笑，回味著某個幸福的時刻，以至跟我擦肩而過也沒有來得及發現我的存在。那股在我身邊飄飛的味道，竟彷彿也帶著林方文的味道。

我多麼渴望眼前的一切只是幻覺？然而，當我發現葛米兒把身上那件鴨綠色的羊毛衣穿反了，牌子釘在外面，我沉痛地知道，一切都是眞實的。

把羊毛衣穿反了，也許不代表甚麼。我也有過這樣的經驗，在朋友家裡玩，因爲覺得熱而把外衣脫下來，穿回去的時候，卻不小心穿反了。葛米兒也是這樣嗎？有誰知道呢？我想，應該是這樣的吧？那又不是內衣。我又沒看見她的內衣穿反了。

我打開門的時候，林方文正好站在那個小小的陽台上，他轉過頭來，看到我時，臉上閃過了一絲愕然的神色。他站在那裡幹甚麼？是要目送別人離去嗎？

『你來了？』他說。

我望著他眼睛的深處說：『我在樓下見到葛米兒。』

『她來借唱片。』

說這句話時，他看來是多麼的稀鬆平常。然而，他的眼睛卻告訴了我，他在說謊。

『是嗎？』我說。

他若無其事的坐下來。

忽然之間，所有悲傷的感覺都湧上眼睛了。我以爲林方文是我最熟知的人，結果，他卻是我從不相識的人。

我了解他嗎？他深愛著我嗎？這一切一切，彷彿多麼的遙遠。

他爲甚麼要騙我？葛米兒身上那個小皮包，根本放不下一張唱片，她的羊毛衣也沒有口袋，她手上並沒有拿著任何東西。

『你是不是愛上了她？』我問林方文。

『你的想像力太豐富了。』他還在否認。

『不是這麼簡單的吧？』我盯著他說。

而他，居然沉默了。

『你爲甚麼要這樣對我？』

他還給我的，依然是一片沉默。

『你這個騙子！』我把漢堡包擲向他。

他走過來捉住我的胳膊，說：『你不要胡思亂想好嗎？』

我推開他，向他吼叫：『你可以傷害我，但請你不要再侮辱我的智慧！』

他站在那裡，一句話也不說。

『你是不會爲我改變的吧？』我流著淚問他。

沒等他回答，我說：『如果是這樣，我們爲甚麼要重新開始呢？』

愛火，還是不應該重燃的。重燃了，從前那些美麗的回憶也會化爲烏有。如果我們沒有重聚，也許，我會帶著對他深深的思念活著，直到肉體衰朽；可是，這一刻，我卻恨他。所有的美好的日子，已經遠遠一去不可回了。

我哭著罵他：『沒有人比你更會說謊！甚麼爲我寫一輩子的除夕之歌，根本是騙我的！林方文，你太卑鄙了！從今以後，我不想再見到你！』

他拉著我的手求我：『留下來好嗎？』

我告訴他我不可以，因爲我不會說謊。

我從他家裡走出來，卑微地蹲在樓梯底下哀哀痛哭。爲甚麼我愛的男人是無法對女人忠心的？我只能夠接受他而無法改變他嗎？

15

家裡的電話不停的響，我坐在電話機旁邊，聽著這種悲傷的聲音一次又一次的落空了。我竟比我自己想像的堅強。也許，只有徹底的絕望，才能夠換到徹底的堅強。上帝有多麼的仁慈？同一個人，是沒法給你相同的痛苦的。當他重複地傷害你，那個傷口已經習慣了，感覺已經麻木了，無論再給他傷害多少次，也遠遠不如第一次受的傷那麼痛了。

多少年來，我愛著的是回憶裡的林方文嗎？他是我在青澀歲月裡的初戀，他是我第一個男人。每一次，當他傷害我，我會用過去那些美好的回憶來原諒他。然而，再美的回憶也有用完的一天，到了最後，只剩下回憶的殘骸，一切都變成了折磨。

也許，我的確是從來不認識他的。

16

英文書店裡那些失戀手冊全都是印刷得非常精美的，許多還配上可愛的插圖。除了失戀手冊之外，還有一套五十二張的失戀撲克，提供五十二個有效的方法，幫你度過失戀的日子。

失戀，原來也是一種商品。

爲甚麼世上只有性商店而沒有失戀商店呢？市場既然爲大家提供了性愛的慰藉，也該同時提供失戀的慰藉，才是公平的。也許，商人們太知道了，失戀雖然是一種商品，卻沒有太多人會快樂地搶購。

只有我，抱著一大堆失戀手冊離開，用來慰藉自己。

我沒有失戀，可是，書店裡也沒有寫給被背叛者的手冊。我把書和撲克鋪在床上，徹夜擁抱著別人的失戀經驗。

這些書爲失戀者提供了許多治療的方法。譬如說：淋浴治療。那就是穿著衣服洗澡。我已經照做了。我穿著我最喜歡的一件黑色羊毛大衣洗澡，那是我花了大半個月的薪水買的，只穿過兩次。從此以後，這件只能乾洗的大衣不能再穿了。破壞，原來是非常痛快的。難怪有些人會帶著罪惡感去破壞別人對他的愛和信任。

然而，另一個方法卻不適合我，那是情歌治療。作者說，她會選一首悲傷的情歌跟著唱，然後放聲的痛哭。發洩了，也就會好過一點。這個方法，對我是不行的。最悲傷的歌，不就是林方文寫的歌嗎？他曾經撫慰了多少在愛情中受創的心靈？對我，卻是殘忍的折磨。更何況，那些歌是葛米兒唱的。

我發覺所有的失戀手冊也不約而同地提出了一個治療方法，那就是：讓它過去吧！誰不知道這是最好的方法，可是，這是不容易做到的吧？

最後，我找到了自己的方法，那就是甜點治療。

除了砒霜之外，我瘋狂地吃甜點。吃到甜的味道時，的確有片刻幸福的感覺；反正，幸福也不過是虛幻的。

17

失戀手冊建議的治療方法，還包括友情治療和憑弔治療。

友情治療一向是最有用的，朱迪之和沈光蕙陪我度過了不少艱難的時刻，我也同樣陪過她們。女人之間的友情，往往是因爲失戀而滋長的。

所謂憑弔治療卻悲情許多。爲了一解思念的痛楚，唯有去憑弔已逝的愛。比方說：每次想起他，便在他的房子外面徘徊，回味和他一起的時光。又比如說：趁他不在的時候，再一次來到他的家，趴在他的床上，瞻仰愛情的遺容。

我把兩個治療一起用了，只是稍微改良了一下。我要朱迪之開了陳祺正的車子陪我去相思灣。

夜裡，朱迪之把車子停在路邊，我們在車上守候。

朱迪之一臉疑惑的問我：『你是不是走錯了地方？來這裡應該是找晦氣吧？怎會是憑弔？』

我是來憑弔的。我要讓自己死心，不再相信有復活的可能。

寒風凜冽，我們瑟縮在車上。

『不知道葛米兒甚麼時候才回來？』朱迪之說。

我甚至不知道她會不會回來。也許，她已經住進林方文的家了。

『她回來的時候，你會怎樣？』朱迪之問我。

『我像是個會找晦氣的人嗎？』我說。

『所以我不明白你爲甚麼來這裡，你不會要她把男朋友還給你吧？』

『放心，這一點尊嚴，我還是有的。況且，不是林方文不要我，是我不要他。』

『復合還是不應該的，那就是等於讓對方再傷害自己。所以，我從來不吃回頭草；當然，那些回頭草也沒有來找過我。』

她又說：『我也可以寫一本失戀手冊。最有效的方法，是新歡治療。失戀之後，儘快再愛上別人，那才可以忘記從前的那一個。一個女人的情傷，是要由另一個男人來撫慰的。這是我持之有恆的方法。』

我苦笑：『讀了那麼多治療方法，我也快要成爲專家了。』

『她是不是回來了？』朱迪之指著反光鏡上的一點光線說。

那點光線愈來愈近，一輛車子緩緩的駛進來，我看見葛米兒坐在車上。那一刻，我突然很後悔自己來了，萬一給她發現了怎麼辦？她也許會認爲我是個可憐的女人，是來求她離開林方文的。然而，要逃跑也已經太遲了。

葛米兒把車停在屋外。關掉引擎之後，她從車上走下來，到行李廂去拿東西。她口裡一直哼著歌，兩條手臂輕快地隨著身體搖擺。即使是只有一個人的時候，她還是在微笑的，在在告訴身邊的人，她是一個沐浴在愛河中的女人。

林方文並沒有因爲我的離開而離開她吧？

本來我有點恨她；然而，這一刻，我不覺得她有甚麼可恨。我能怪她嗎？要怪的話，只能怪林方文。如果他對我的愛是足夠的，又怎會愛上別人？

也許，我連林方文也不應該責怪。把葛米兒從那個遙遠的島國召喚回來的，不是林方文，而是命運。第一次聽到葛米兒的歌聲時，林方文是和我一起聽的。那個時候，我們怎會想到這個結局？這一切的一切，難道不是命運的安排嗎？還有她腳踝上的萊納斯，不就是一個警號嗎？就像電影《凶兆》裡，再世投胎的魔鬼，身上不是有三個六字嗎？

葛米兒把行李廂的門關上，拿著一個人包包走進屋子裡。屋裡的燈亮起來，燈影落在紗簾上，我看見她放下了那個包包。把身上的大衣脫下來，又脫下了裙子，穿著內褲在屋裡走來走去。她和林方文已經上床了嗎？

在她身上，我忽然看見了林方文的影子。也許，她是比我更適合林方文的。在林方文最低潮的時候，讓他重新有了鬥志的，並不是我，而是葛米兒。我已經不能夠爲他做些甚麼了。我們要走的路，也許已經不一樣。一起之後分開，分開了，又走在一起，然後又分開。這樣的離離合合，到底要重演多少次？也許，我們本來就是不適合的，我們一直也在勉強大家。

屋子裡的燈關掉了。朱迪之問我：

『你在等甚麼？』

我是來憑弔的，在情敵身上憑弔我的愛情；而我，的確因此死心了許多。

『我們可以走了。』我說。

車子緩緩的退後，離開了那條漆黑的小路，人卻不能回到過去。愛情是善良的，愛情裡的背叛，卻是多麼的殘忍？

18

最後的一個治療法是：不要瞻仰愛情的遺容。看著遺容，思念和痛苦只會更加無邊無涯。

我把那個風景水晶球收在抽屜裡。這並不是眞的水晶球，我看不見未來，它也不能再給我幸福的感覺了。何況，送這個水晶球給我時，林方文也許已經背叛了我。

讀了那麼多的失戀手冊，似乎是沒有用的，每個人的失戀，都是不一樣的吧？痛苦也不一樣。電話的鈴聲已經很久沒有再響起了。我常常想，兩個曾經相愛，曾經沒有對方不行的人，一旦不再找對方，是不是就可以完了？直到老死也不相往來。誰說愛是癡頑愚昧的？愛，也可以是很脆弱的。

只是，漫長的夜裡，思念依然氾濫成災。他怎麼可能不來找我呢？就這樣永遠不相見嗎？終於，他來了。

我打開門看到他時，他一定也看到了我的脆弱吧？

沉默，像一片河山橫在我們中間。這是我熟悉的人嗎？我們曾經相愛嗎？那又爲甚麼會弄到這個境地？

終於，我說：『你來幹甚麼？』

他沉默著。

『如果沒有話要跟我說，爲甚麼要來找我呢？不過，我其實也不會再相信你！』我流下了眼淚。

在一片模糊裡，我看見他的眼睛也是濕的。然而，我太知道了，他善於內疚，卻不善於改過。這一次，我不會再給他騙倒。

他做完七日和尚之後，不是帶著一個故事回來的嗎？那個故事說得對，愛會隨謊言消逝。

『你走吧！我不想再見到你！』我哭著說。

他想過來摟著我，我連忙退後。

『根本我們就不應該在一起！』我抹掉眼淚說。

『你到底想怎樣？』他問我。

他還問我想怎樣？

『林方文，已經不是第一次了，這種事是會不斷重演的。』

他可悲地沉默著。他來了，卻爲甚麼好像是我一個人在說話？是的，我在瞻仰愛情的遺容，遺容當然不會說話。我再不能愛他了。

『我求求你，你走吧！』我說。

他站在那裡，一動也不動。

『我但願我從來沒有愛過你！』我哀哭著說，『請你走吧！』

我把鑰匙從抽屜裡拿出來還給他：『這是你家的鑰匙，我不會再上去了。』

『你用不著還給我的。』他說。

我從他臉上看到了痛苦；然而，這一切已經太遲了。

終於，他走了。他來這裡，是要給我一個懷抱的吧？我何嘗不思念那個懷抱？可是，我不會再那樣傷害自己了。我所有的愛，已經給他揮霍和耗盡了。耗盡之後，只剩下苦澀的記憶。他用完了我給他的愛，我也用完了他給我的快樂。我對他，再沒有任何的希望。一段沒有希望的愛情，也不值得永存。

19

『今晚很冷呢！』沈光蕙躲在被窩裡說。

我家裡只有兩張棉被，都拿到床上來了。朱迪之和沈光蕙是來陪我睡的。沈光蕙自己帶來了睡袍。朱迪之穿了我的睡衣和林方文留下來的一雙灰色羊毛厚襪子。

『你不可以穿別的襪子嗎？』我說。

『你的抽屜裡，只有這雙襪子最厚和最暖。』她說。

『半夜裡醒來，看到穿著這雙襪子的腳，我會把他踢到床底下的。』我說。

她連忙把一雙腳縮進被窩裡，說：『你不會這麼殘忍吧？這個時候，你應該感受到友情的溫暖才對呀！』

『就是嘛！』沈光蕙說，『友情就是一起捱冷！幸好，我們有三個人，很快便可以把被窩睡暖。』

床邊的電話響起來，我望著電話機，心情也變得緊張。近來，對於電話的鈴聲，我總是特別的敏感。我竟然還期待著林方文的聲音。

『找我的。』沈光蕙說。

我拿起電話筒，果然是余平志打來找她的。沈光蕙爬過朱迪之和我的身上，接過我手裡的電話筒。

她跟電話那一頭的余平志說：『是的，我們要睡了。』

朱迪之朝著電話筒高聲說：『你是不是也要跟我們一塊睡？』

沈光蕙把她的頭推開，跟余平志說：『好吧，明天再說。』掛了線之後，她躺下來說：『很煩呢！』

『他不相信你在這裡嗎？』我問。

『他嘴裡當然不會這樣說。如果可以裝一個追蹤器在我的腳踝上，他會這樣做的。』朱迪之笑著說：『誰叫你跟一個第一次談戀愛的男人一起？這種人太可怕了！』

沈光蕙說：『但是，他愛我比我愛他多呀！這樣是比較幸福的。』

這樣眞的是比較幸福嗎？所有處在戀愛年齡的女孩子，總是分成兩派：一派說，愛對方多一點，是幸福的。另一派說，對方愛我多一點，才是幸福的。也許，我們都錯了。愛的形式與分量從來也不是設定在我們心裡的。你遇到一個怎樣的男人，你便會談一段怎樣的戀愛。如果我沒有遇上林方文，我談的便是另一段戀愛，也許我會比現在幸福。

愛對方多一點還是被對方愛多一點，從來不是我們選擇的。我們所嚮往的愛情，跟我們得到的，往往是兩回事。像沈光蕙選擇了余平志，也許是因爲她沒有遇上一個她能夠愛他多一點的男人。幸福，不過是一種妥協。懶惰的人，是比較幸福的。他們不願意努力去尋覓，自然也不會痛苦和失望。

而我嚮往的，是甚麼樣的愛情呢？如果說我嚮往的是忠誠，我是不是馬上就變成一個只適宜存活於恐龍時代的女人？

我拉開床邊的抽屜，拿了一包巧克力出來。

『你再吃那麼多的巧克力，你會胖得沒有任何男人愛上你。』朱迪之說。

『那也是好的。』我把　片巧克力放進嘴裡。

『我們上一次三個人一起睡是甚麼時候？』朱迪之問。

『是排球隊在泰國集訓的時候。』沈光蕙說。

『那是很久以前的事了！』朱迪之說，『我記得那天晚上你說要去跟老文康睡，我們三個人還一起乾杯，說是爲一個處女餞行。多麼的荒謬？』

『是的，太荒謬了！』沈光蕙說。

『幸好，你最後也沒有。』我說。

『這是我一輩子最慶幸的事。』沈光蕙說，『像他這麼壞的人，爲甚麼還沒有死掉呢？』

『你眞的想他死嗎？』我說。

『我太想了！那時候，我們再來乾杯。』她說。

『他都那麼老了！快了！』朱迪之說。

她又說：『我昨天和陳祺正看電影時見到了衛安。』

衛安是她第四個男朋友，是一名電影特技員。跟朱迪之一起的時候，他已經有女朋友了。

『他在那部電影裡演一個給男主角打得落花流水的變態色魔。他太像那種人了，一定是看到本人才想出這個角色的！他一直也夢想成爲主角，這麼多年了，他卻仍然是個小角色。我希望他這一輩子都那麼潦倒。』

她似乎懷著這個好夢便可以睡一覺香甜的。

被窩已經變暖了。她們兩個人，一個希望自己曾經喜歡的人快點死掉，一個希望自己愛過的人潦倒一生。這些都是由衷之言嗎？曾經抱著深深的愛去愛一個人，後來又抱著深深的恨。如果已經忘記，又怎會在乎他的生死和際遇？

她們已經熟睡了。朱迪之的腳從被窩下面露了出來，那雙襪子的記憶猶在，那是林方文去年冬天留下來的，那天很冷。她們睡得眞甜，我從前也是這樣的吧？

我爬起身去刷牙。在浴室的鏡子裡看到嘴裡含著牙膏泡沫的自己時，我忽然軟弱了。在昏黃的燈下，在那面光亮的鏡子裡，我看到的只是一片濕潤的模糊。林方文是不會再找我的吧？他不找我也是好的，那樣我再不會心軟。我不希望他死，也不願意看見他潦倒。他在我心中，思念常駐。

Loyalty, Love's Betrayer

風中迴轉的木馬

1

從來沒有想過，我會再遇到韓星宇，而且是在一座燈如流水的迴轉木馬上面。

一個法國馬戲團來香港表演。表演在一個臨時搭建的帳篷裡進行。在帳篷外面的空地上，工作人員架起了一座流動式的迴轉木馬，讓觀眾在開場之前和中場休息的時候，可以重溫這個童稚的遊戲。

正式演出前的一天，我以記者的身分訪問了馬戲團裡一名神鞭手。別人對於馬戲團的興趣，往往是空中飛人。然而，不知道爲甚麼，我卻喜歡採訪神鞭手。鞭子絕技，是既嚴肅而又滑稽的一種表演和執著。現在是手槍的年代了；可是，仍然有人用一根鞭子行走天涯，那是多麼的奇異？

只有二十三歲的神鞭手是個長得俊俏的大塊頭，他的體重是我的一倍半。神鞭手必須有這種重量，才可以舞動那根長鞭。他的鞭子很厲害，既輕柔得可以打斷一張白紙，也可以靈巧地把地上一個籃球捲到空中投籃。那根鞭子是手的延伸，一切遙不可及的東西，都變成可能了。這也是一種魔法吧？有了鞭子，便好像所向披靡，沒有甚麼是不可以捲到懷裡的；愛可以，所有想要得到的東西也可以。在馬戲團裡生活的人，是停留在童稚世界裡的，永不蒼老。可惜，他們不會收容我，我沒有任何的絕技。

大塊頭把他那一根鞭子借給我，我試著揮動了幾下，怎樣也無法讓鞭子離開地上。看似容易的技術，半點不容易，我的手臂也痠軟了。如果朱迪之在那裡，她一定會說：『讓我來！讓我來！太好玩了！太有性虐待的意味了！』

訪問進行的時候，那座迴轉木馬剛剛搭好。由於是白天，我還看不到它的美麗。神鞭手問我：『你會來玩嗎？』

『會的。』我回答說。

那天夜裡，當所有觀眾都坐在帳篷裡看表演時，我踏上那座迴轉木馬，尋覓幼稚的幸福。玩迴轉木馬，還是應該在晚上的，那樣它才能夠與夜空輝映。沒有月亮的晚上，它是掉落凡塵的月光。

我知道我爲甚麼喜歡迴轉木馬了。人在上面，在一匹飛馬上，或者是一輛馬車裡，不斷的旋轉，眼前的景物交會而過，一幕一幕的消逝而去，又一再重現。流動的，是外間的一切，而不是自己，光陰也因此停留了片刻，人不用長大。不用長大，也就沒有離別的痛苦。

當我在木馬上回首，我看見了韓星宇。他坐在一匹獨角獸上，風太大了，把他身上所有的東西都吹向後面；頭髮在腦後飛揚，外衣的領子也吹反了。我升高的時候，他降下了；我降下來時，他剛巧又升高了。音樂在風中流轉，我們微笑頷首，有一種會心的默契。

他爲甚麼跑來這裡呢？是的，他也喜歡迴轉木馬，尤其是流動的。我們像是兩個住在音樂盒裡的人，不斷的旋轉，喚回了往昔那些美好的日子。在光陰駐留的片刻，也許是在哀悼一段消逝了的愛情。所有的失戀手冊都是女人寫的，難道男人是不會失戀的嗎？

也許，在男人的人生中，失戀是太過微不足道了。韓星宇也是這樣嗎？在那須臾的時光裡，我覺得他也和我一樣，分享著一份無奈的童貞。畢竟，人還是要向前看的。迴轉木馬也有停頓的一刻；然後，人生還是要繼續。重逢和離別，還是會不停的上演。

『很久沒見了。』韓星宇從迴轉木馬上走下來跟我說。

『你也是來看馬戲的嗎？』我問。

他微笑指著身後面的迴轉木馬說：『還是這個比較好玩。』

他又說：『你知道嗎？我小時很害怕自己會死。』

『爲甚麼？』

『我在書上看到一些研究資料，那些資料說，太聰明的孩子是會早夭的。』

『這是有科學根據的嗎？』

『不過是一堆統計數字和一個感性的推論。』他說。

『感性的推論？』我不明白。

『太聰明的小孩子是預支了自己的智慧，所以，他也會衰朽得比較快。那堆資料害得我每天偷偷躲在被窩裡哭。』他說。

『你現在不是好好的活著嗎？如果可以預支一點智慧，我也想要。等到四十歲才聰明，那不是太晚了嗎？』我說。

『再大一點之後，我又無時無刻不害怕自己會變成一個平凡人，再不是甚麼天才。』他說。

我笑了：『我可沒有這種擔心。小時候，我只是渴望長大。現在長大了，卻又要克服身上的嬰兒肥。也許，當我終於克服了嬰兒肥，已經快要死了。』

他笑了起來：『沒那麼快吧？』

『早陣子，我在淺水灣碰見你的女朋友。』我說，『你們還在一起嗎？』

『沒有了。』韓星宇坦白的說。

『我看得出來。』

『是她告訴你的嗎？』他問。

『沒有。』我說。我們甚至沒有交談，那是一種比交談還要深的了解和同情。

『我眞的不了解女人。』韓星宇無奈的說。

『你不是神童來的嗎？』我笑他。

『女人是所有天才也無法理解的動物。』他說。

『那男人又怎樣？男人既是天國，也是地獄。』我說。

他忽然笑了，好像想到別的事情去。

他說：『我聽人說過，唯一不能去兩次的地方是天國。』

『是的。』我說，『我去了兩次，結果卜了地獄。』

分手之後復合，不就是去了兩次天國嗎？結果就被送到地獄去了。

帳篷外面有一個賣糖果的攤子。攤子上，放著七彩繽紛的軟糖，我挑了滿滿的一袋。

『你喜歡吃甜的嗎？』他問。

『從前不喜歡，現在喜歡。』我說。

『剛剛不是說要克服嬰兒肥的嗎？』

『所以是懷著內疚去吃的。』我說。

他突然問我：『你有興趣加入我們的公司嗎？』

『我？』

『我看過你寫的東西。我們很需要人才。』他說。

『太突然了，可以讓我考慮一下嗎？』我說。

『好的，我等你的回音。』

中場休息的時候，觀眾從帳篷裡走出來，那座迴轉木馬圍了許多人，變熱鬧了。

『你明天還會來嗎？』韓星宇問。

『會的。』我說，『我明天來這裡給你一個回音。』

他微笑點頭，他身後那座木馬在風中迴轉。在我對自己茫然失去信心的時候，他卻給了我信心和鼓勵。在目光相遇的那一刻，我找到了一份溫柔的慰藉。

2

『對不起，我還是喜歡我現在的工作。』我騎在白色的飛馬上說。

『我明白的。』韓星宇騎在旁邊的獨角獸上面。

木馬在風中迴轉，隔了一夜，我們又相逢了。我們像兩個活在童話世界裡的人，只要腳尖碰觸不到地，一切好像都不是眞實的，他也好像不是眞實的。在這樣無邊的夜裡，爲甚麼陪著我的竟然是他呢？有他在我身邊，也是好的。在這流轉中，思念和眷戀的重量彷彿也減輕了。看到他的笑臉，痛苦也好像變輕盈了。至少，世上還有一個男人，願意陪我玩迴轉木馬，願意陪我追逐光陰駐留的片刻。

『你是不是特別喜歡獨角獸？』我問。

『你怎知道的？』

『你昨天也是騎獨角獸。』

『是的！牠比其他馬兒多出一隻角，很奇怪。』

『因爲你也是一個奇怪的人？』我說。

『也許是吧。』

『我有一條智力題要問你。』我說。

韓星宇笑得前翻後仰，幾乎要從獨角獸上面掉下來，他大概是笑我有眼不識泰山吧？

『我知道你從小到大一定回答過不少智力題；但是，這一個是不同的。』我說。

『那儘管放馬過來吧！』他瀟灑的說。

『好吧！聽著了——』我說，『甚麼是愛情？』

他怔忡了片刻。

木馬轉了一圈又一圈。

『想不到嗎？』我問。

『這不算是智力題。』他說。

『誰說不是？』

『因爲答案可以有很多，而且也沒有標準的答案。』

『所以才需要用智力來回答。』我說，『這個算你答不出。第二題：一個人爲甚麼可以愛兩個人？』

『這也不是智力題！』他抗議。

『有一個，又有兩個，都是數字呢，爲甚麼不是智力題？』

他思索良久，也沒法回答。

『你又輸了！』我說：『第三題：愛裡面爲甚麼有許多傷痕？』

『這三條都不是智力題，是愛情題。』他說。

『那就回到第一題了：甚麼是愛情？』

他高舉雙手，說：『我投降了！你把答案告訴我吧！』

『如果我知道，我便不用問你。』我說，『其實，你答不出來也是好的。』

『爲甚麼這樣說？』

『一個智商二百以上的人也沒法回答的問題，那我也不用自卑了。』

『不要以爲我甚麼都懂。』他說，『愛情往往否定了所有邏輯思維。即使把全世界的天才集合在一起，也找不到一個大家同意的答案。那個答案，也許是要買的。』

『可以買嗎？在哪裡買？』我問。

『不是用錢買，而是用自己的人生去買。』他說。

『也用快樂和痛苦去買。』我說。

『你出的智力題，是我第一次肯認輸的智力題。』他說。

我笑了起來，問他：

『你和你女朋友爲甚麼會分手？是你不好嗎？』

『也許是吧！她說她感覺不到我愛她。』他苦笑。

『那你呢？你真的不愛她？』

『我很關心她。』

『關心不是愛。你有沒有每天想念她？你有沒有害怕她會離開你，就像你小時候害怕自己會死？』

他想了想，說：『沒有的。』

『那只是喜歡，那還不是愛。』

男人都是這樣的嗎？他們竟然分不出愛和喜歡。對於感情，他們從來也沒有女人那麼精緻，也沒有豐富的細節和質感。我們在一生裡努力去界定喜歡和愛。我們在兩者之中，會毫不猶豫的去選擇愛。我們不稀罕喜歡，也不肯只是喜歡。然而，男人卻粗糙地把喜歡和愛同等看待。他們可以和自己喜歡的女人睡，睡多了，就變成愛。女人卻需要有愛的感覺才可以跟那個男人睡。韓星宇的女朋友感覺到的，只是喜歡，而不是愛，所以，她才會傷心，才會離開。

『喜歡和愛，又有甚麼分別？』韓星宇問。

『這一條算不算是智力題？』我問他。

『在你的邏輯裡，應該算是的了。』他說。

對女人來說，這個問題太容易回答了。

我說：『喜歡一個人，是不會有痛苦的。愛一個人，才會有綿長的痛苦。可是，他給我的快樂，也是世上最大的快樂。』

『嗯，我明白了。』他謙虛的說。

反倒是我不好意思起來了。我說得那樣通透，我又何嘗了解愛情？

『你不要這樣說吧，我遠遠比不上你聰明。』我說。

『你很聰明，只是我們聰明的事情不一樣。』

『你挺會安慰別人。』

『我小時候常常是這樣安慰我爸爸媽媽的，他們覺得自己沒法了解我。』韓星宇說。

『你這是取笑我嗎？』

『我怎敢取笑你？你出的問題，我也不懂回答。』

『最後一條智力題——』我說。

『又來了？你的問題不好回答。』他說。

『這一條一點也不難。』我說，『我們會不會是在做夢？這是一個做夢的星球。我們以爲自己醒著，其實一切都是夢。』

『有誰知道現在的一切，是夢還是眞實的呢？如果這是個做夢的星球，那麼，說不定天際有另一個星球，住在上面的人卻是醒着的，而他們也以爲自己在做夢。你想住在哪個星球？』

『最好是兩邊走吧？快樂的時候，在那個醒著的星球上面。悲傷的時候，便走去做夢的那個星球。一覺醒來，原來一切都是夢。』我說。

『你明天還會來嗎？』他問我。

『明天？』

他點了點頭，微笑望著我。微笑裡，帶著羞澀的神情。

『會的。』我回答。

『我們現在是在哪個星球上面？』他問。

『醒著的那個。』我說。

騎在獨角獸上面的他，笑得很燦爛。時光流轉間，我有了片刻幸福的感覺。如果這是一次感情的邀約，我便允諾了一個開始。我從來沒有懷疑過林方文對我的愛；可是，他卻一再背叛我，一再努力的告訴我，愛情是不需要專一的。我曾經拒絕理解這一點；然而，這一刻，我很想知道，愛上兩個人的感覺是怎樣的？如果我做得到，我便不再是一個不合時宜的人了，我也能夠了解他。一個人爲甚麼不可以愛兩個人呢？我仍然深深的愛著他，我也能夠愛著別人。請讓我相信，人的心裡，可以放得下兩份愛情、兩份思念、兩份痛苦和快樂。忠誠，是對愛情的背叛。

3

我知道林方文會再來的，這是戀人的感覺，雖然這種感覺也許會隨著時間流逝而變得愈來愈微弱。

離開報館的時候，已經是半夜了。林方文和他的深藍色小轎車在報館外面等我。他從來不會放棄我，是我放棄他。認識了他，我才知道，放棄原來是因爲在乎。太在乎他了，在乎得自己也沒法承受，那只好放棄，不讓他再傷害我。

『上車吧！』他說。

『不要！』我說。

『上車吧！』他拉著我的手。

我很想甩開他，我很想說：『放手！』可是，我太累，也太想念他了。

車廂裡，我們默默無語。這算甚麼呢？想我回去的話，起碼，他要告訴我，他已經離開了葛米兒。他卻甚麼也不說。我坐在這輛我熟悉的車子上，一切如舊。這裡有過我們的歡笑；可是，曾經有過的裂痕，是無法修補的吧？

『累嗎？』他問我。

『你是說哪一方面？』我望著窗外，沒有望他。

他沉默了。

我的手提電話響起，是韓星宇打來的。

『還沒下班嗎？』他在電話那一頭問我。

『已經下班了。』我說，『現在在車上。』

『累嗎？』他溫柔的問我。

他竟然也是問同一個問題，我給他的答案卻是不一樣的。

『很累，我明天給你電話好嗎？』我說。

『那好吧。』他說。

一陣沉默之後，林方文問我：

『是誰打來的？』

我沒有回答他，他也沒有權利知道。

車子在寂靜的公路上飛馳，朝著我家的方向駛去。到了之後又怎樣呢？要讓他上去嗎？讓他上去的話，我不敢保證我能夠再把他趕走。可是，他不上去的話，我會失望嗎？誰來決定去留？

我按下了車上那部唱機的開關，轉出來的竟然是葛米兒的歌聲。林方文連忙把唱機關掉。

已經太遲了吧？

他在車上聽的，是葛米兒的歌。葛米兒也常常坐在這輛車子上吧？他根本沒有離開她。

『不是故意的。』他解釋。

既然來接我，卻不拿走葛米兒的唱片，這不是太過分嗎？

我到了。我不會讓他上去。我從車上走下來，沒有跟他說再見，沒有回望他一眼，奔跑著回家。他沒有追上來。對於自己的疏忽，他是應該感到羞愧的，怎麼還有勇氣追上來？

本來要心軟了，卻心血來潮按下唱機的開關，結果像擲骰子一樣，那首歌決定了我的去留。我死心，卻又不甘心。他明明是屬於我的，爲甚麼會多了一個人？也許，他根本從來沒有屬於我，是我一廂情願罷了。

按下唱機的開關，也是由於戀人的感覺吧？我多麼害怕這種常常靈驗的感覺？

我脫下了身上的衣服，光著身子爬進被窩裡，也把電話機拉進被窩裡。

『你還在公司裡嗎？』我問韓星宇。

他在電話那一頭說：『是的。你已經回家了嗎？』

『嗯，你也不要太晚了。』我說。

『已經習慣了。』

他又問我：『爲甚麼你的聲音好像來自一個密封的地方？』

『我在被窩裡，這裡漆黑一片。』

『爲甚麼躲在被窩裡？』

『這兒是我的堡壘。』我說。

心情極度沮喪的時候，我便會這樣。不洗臉，也不刷牙，一絲不掛的爬進被窩裡哭泣。半夜裡醒來的時候，心情會好多了。這是我自己發明的被窩治療。

『是不是有甚麼不開心的事？』他問。

『不，只是今天太累了。』

『被窩裡的空氣是不流通的。』他說。

『放心吧！我會把頭伸出去吸氣。』我吸了一口氣，又縮進被窩裡。

我說：『我小時候很怕黑的，現在不怕了。你呢？你怕黑嗎？』

他笑了：『不是告訴過你嗎？我那時不怕黑，我怕死。』

我不知道怕死的感覺是怎樣的，是不是就像害怕離別？我們曾經害怕的事情，到了後來，我們也許不再害怕了，也沒得害怕。

『智力題——』我說。

『又來了？』

『很容易的。你喜歡我嗎？』

『嗯。』他重重的回答。

他的那一聲『嗯』，好像長出了翅膀，飛過了黑夜，翩然降臨在我的肩膀上。

第二天，韓星宇告訴我，我昨天晚上在電話裡說著說著，然後不再說話了。後來，他更聽到我的夢囈，想是因爲太累而睡著了。那到底是我的夢囈還是哭聲？我也忘記了。

4

『你今天幾點鐘下班？』林方文在電話那一頭問我。

『你找我有事嗎？』

『我來接你好嗎？』

『我們還有需要見面嗎？』

『我有話要跟你說。』他堅持。

我沉默了良久，終於說：

『九點鐘吧。』

爲甚麼還要見他呢？想聽到甚麼說話？想得到一個甚麼答案？是不甘心把他讓給葛米兒嗎？我明白了，既然他可以愛兩個人，我爲甚麼不可以？我不是已經打算這樣去了解他的嗎？我會回去，然而，從今以後，我不會再那麼笨了。我的心裡，也會同時放著另一個男人。這個遊戲，我也可以玩。

在林方文來接我之前，那個擲骰子的遊戲竟然重現了一次。忙了一整天，終於有時間翻開當天的報紙，娛樂版上，斗大的標題寫著：『我愛他』，旁邊是葛米兒的照片。她被記者問到她和林方文的戀情，她當著所有人面前，笑得很燦爛的說：

『我愛他！』

每一份報紙的娛樂版都把這段愛的宣言登出來了。她是這樣率真和坦白，她公開地用愛認領了她的萊納斯。

她愛他，那我呢？似乎我已經被剝奪了愛他的資格。我的尊嚴和我最後的希望也同時被他們剝奪了。

從報館出來的時候，林方文靠在他那輛小轎車旁邊等我。

『你吃了飯沒有，要不要找個地方吃飯？』他說。

『你要跟我說的，就是今天報紙上的事情嗎？』我問。

他沉默了。

『還是她比較適合你，你現在不是比以往任何時候更好嗎？』我哽咽著說。

『對不起——』他說。

『你不用道歉。一個病人用不著爲他的病而向別人道歉。你是有病的，你沒法對一個女人忠誠。』

我久久地望著他，原來，我沒法像他，我沒法愛兩個人。

『我們找個地方坐下來再說好嗎？』他說。

『好的，我來開車。』我攤開手掌，向他要車匙。

他猶豫了。

『給我車匙，我想開車。』我說。

他終於把車匙放在我手裡。接過了車匙，我跳上停在路旁的一輛計程車上，關上門，跟司機說：

『請快點開車。』

林方文呆站在那裡，眼巴巴的看著計程車離開。我從來沒有這樣對他，我一向對他太仁慈了，我現在只想報復。

車子駛上了公路。風很大，他怎樣回家呢？

『請你回去我剛才上車的地方。』我跟司機說。

『回去？』司機問。

『是的。』

車子終於駛回去了，林方文仍然站在那裡。看見了車上的我，他臉上流露著喜悅和希望。我調低車窗，把手上的車匙擲給他。他接不住，車匙掉在地上，他彎腰去拾起它。

『請你開車。』我跟司機說。

林方文站起來，遙遙望著我。車外的景物，頃刻之間變模糊了，往事一幕一幕的消逝。車子從他身邊駛過的時候，我彷彿也看見他臉上的無奈。我以為我可以學習去愛兩個人，也可以和別人去分享一個人，原來我做不到。如果不是全部，我寧願不要。

當他拾起地上的車匙的那一刻，他會發現，那裡總共有兩把鑰匙。另外的一把，是他家裡的鑰匙，那是我一直放在身邊的。上一次，他不肯把它收回去；這一次，他沒法再退回來給我了。

5

世上是沒有完美的愛的吧？

黃昏的咖啡室裡，朱迪之告訴我，她也有了第三者，對方是律師行的同事孟傳因。她一直背著陳祺正和孟傳因交往。

『爲甚麼現在才告訴我？』我驚訝地問。

『因爲你是我最好的朋友，我反而不知道怎麼開口。我不知道怎麼面對自己的好朋友，我對你說過我很愛陳祺正的，我沒想到自己還可以愛上別人，我太壞了！』她的眼睛紅了。

『你已經不愛陳祺正了嗎？』

『不，我仍然很愛他。』

『那你爲甚麼還可以愛別人？』我不明白。

『原來一個人眞的可以愛兩個人的。』她說。

『你和林方文是一樣的。』我生氣的說。

『是的，我能夠理解他。』

『爲甚麼可以愛兩個人？』

『也許是爲了追尋刺激吧！』

『我認爲是愛一個人愛得不夠。』我說。

她說：『世上根本沒有完美的人，一個人不可能完全滿足另一個人。人是有很多方面的。』

『你的心裡，放得下兩份愛和思念？』

『放得下的。』

『你不怕陳祺正知道嗎？』

『當然不能夠讓他知道。』

『那爲甚麼還要這樣做？』

她笑了：『也許我想被兩個男人疼愛吧。』

『如果一定要選擇一個，你會選哪一個？』

她任性的說：『我不要選！我希望那一天永遠不要降臨！』

這也是林方文的心聲吧？原來他們是沒法選擇其中一個的，他們只會逃避。

『和你們相比，我眞的太落伍了。』我說。

『只是你沒有遇上罷了！』她說，『一旦遇上了，也不是你可以選擇的。』

『孟傳因知道你有男朋友嗎？』我問。

『嗯。他們見過面。』

『那他爲甚麼又願意？』

『程韻，』她語重心長的說，『最高尚的愛不是獨佔，你的佔有欲太強了。』

『倒好像是我錯了！』我不甘心的說，『希望對方專一，這也是佔有欲嗎？你是說這樣的愛不夠高尚；出賣別人，才是高尚的？』

『也許我不應該用「高尚」兩個字來形容，可是，能夠和別人分享的那個，也許是愛得比較深的。』

『你和林方文貞的應該組織一個「背叛之友會」，你們才是最懂得愛的人！』我說。

『算了！我不跟你爭論！』她低下頭喝咖啡。

我在生她的氣嗎？也許，我是在生自己的氣。我討厭自己的佔有欲，我討厭自己太死心眼了。太死心眼的人，是不會幸福的。

她沉默了很久，終於說：

『我每天都被自己的內疚折磨。』

『那爲甚麼還要繼續？』

『因爲沒有辦法放棄，唯有懷著內疚去愛。』她苦笑。

懷著內疚的愛，是怎樣的一種愛？但願我能夠明白。

『你和韓星宇怎樣了？』她問。

然後，她又說：『快點愛上一個人吧！愛上別人，便可以忘記林方文。新歡，是對舊愛最大的報復，也是最好的治療。』

可是，我沒辦法那麼快便愛上一個人。

『韓星宇比林方文好得多呢！』她說。

『你竟然出賣林方文？你們是「背叛之友會」的同志呀！』我說。

她搖了搖頭，說：『想你快點找到幸福，就是怕了再嗅到這種失戀女人的苦澀味。』

我嗅嗅自己的手指頭，說：

『真的有這種味道嗎？』

她重重的點頭，說：『是孤獨、帶點酸氣、容易動怒，而又苦澀的味道。也許是太久沒有被男人抱過了。』

她依然脫不了本色。

『所以，還是快點找個男人抱你吧！抱了再算。』她說。

她說得太輕鬆了。要讓一個人抱，是不容易的，那得首先愛上他。要愛上一個人，更不容易。

6

很晚下班的韓星宇，也順道來接我下班。

再見到他，我有點兒尷尬。那天晚上，我爲甚麼會問他喜不喜歡我呢？是因爲身體疲乏不堪以至心靈軟弱，還是想向林方文報復？

他伸手到車廂後面拿了一盒東西放在我懷裡，說：

『要吃嗎？』

『甚麼來的？』

『是甜的，你可以懷著內疚去吃。』他說。

我打開盒子看看，裡面放著幾個小巧的蛋糕，應該是蛋糕來的吧？它的外形有點像埃及艷后的頭，中間凹了進去，外面有坑紋。我從來沒吃過這種蛋糕。金黃色的外皮，有如橡皮糖，裡面卻柔軟香甜，散發著肉桂和白蘭地的香味。

『好吃嗎？』韓星宇問。

『太好吃了！這是甚麼蛋糕？』

『Cannelé』他說，『一般要在法國的波爾多區才可以吃到。』

『那你是在哪裡買的？』

『秘密！』他俏皮的說。

後來，我知道，這種法國著名釀酒區的甜點是在崇光百貨地下樓的麵包店裡買的，只有那個地方才有。韓星宇常常買給我吃，他自己也喜歡吃。忽然愛上甜點，是因爲悲傷，也是想放棄自己的身體，吃到了他買的 Cannelé 後，我不再吃別的甜點了。沒有一種甜的回憶，比得上這個古怪的東西。

『跟莫教授太太做的巧克力餅乾怎麼比?』我問。

『回憶是沒得比較的。回憶裡的味道,是無法重尋的。』韓星宇說。

他說的對。林方文有甚麼好處呢?我為甚麼沒法忘記他?原來,他是我回憶的全部。

或許有人比他好,他卻是我唯一的初戀,是餘生也無法重尋的。

『那天晚上,你真的聽到我的夢囈嗎?』我問。

『嗯。』

『我說了些甚麼?』

『你說:「智力題……智力題……智力題」。』他笑著說。

『胡說!如果是夢囈,哪有聽得這麼清楚的?我還有沒有說了甚麼秘密出來?』

『不可告人的?』他問。

『嗯。』我點點頭。

『不可告人的,好像沒有。』

『眞的沒有？』

『沒有。』他微笑搖了搖頭。

『那就是沒有了。』我說。

曾經問他喜不喜歡我，也可以當作是夢囈嗎？我們似乎已經同意了，做夢時說的話，是不算數的。可是，說過的話和聽到的答案，是會長留心上的吧？

『你會下圍棋嗎？』我問。

『我十歲的時候，已經跟我爸爸對弈了，而且贏了他，從那天開始，未逢敵手。』

『那你爲甚麼不繼續？說不定會成爲棋王呢。』

『棋王太寂寞了。』

『整天對著一台電腦，不也是很寂寞嗎？』

『透過電腦，可以跟許多人連繫，工作時也有夥伴。然而，下棋的人，只有對手。』

『你可以教我圍棋嗎？』

『你想學嗎？』

『世界棋王傅清流會來香港，編輯要我訪問他；但是，我對圍棋一竅不通。』

『他甚麼時候來？』

『三天之後。』

『圍棋博大精深，只有三天，不可能讓你明白。』

『你不是神童來的嗎？』

『我是。』

『那就是啊！』

『但你不是。』他笑著說。

『哼！我又不是要跟他比賽，我明白其中的道理就夠了。』

『圍棋的道理很簡單。』他說。

『簡單？』我不禁懷疑。

『簡單的東西，偏偏是充滿哲理的。每個擅棋的民族，都有不同的風格。韓國人亦步亦趨，日本人計算精密，中國人大而化之。傅清流的布局，是以虛幻莫測見稱的。』

『你說得像武俠小說一樣，我愈來愈不懂了，怎麼辦？』我焦急起來。雖然說這個訪問不是光談圍棋，然而，對方既然是棋王，我不認識圍棋，似乎不是太好。

『你的訪問是幾點鐘開始的？』韓星宇問。

『黃昏六點鐘。』

『要不要我來幫你？』

『可以嗎？』我喜出望外。

『但是，只限於圍棋的部分。』

『太好了！做完訪問之後，我請你吃飯。』

他笑了：『想不到還有報酬呢！』

『我不會白白要你做事的。』我說。

『我也不會白吃。』他說。

『當然不能讓你白吃！』我打趣說。

『認識你眞好。』我說，『所有我不懂的，都可以問你。』

『我並不是甚麼都懂的，只是剛巧會下圍棋罷了。』

『我連象棋也不會。』我說。

他瞪大眼睛說：『不可能吧？』

我尷尬的說：『我不喜歡下棋，這有甚麼奇怪？』

『那你有甚麼長處？』他問。

『我的長處就是知道自己沒有長處。』

『這倒是一個很大的長處。』

『就是了。』我說。

『我對下棋的興趣也不大。』他說。

『爲甚麼？』

『我不喜歡只有贏和輸的遊戲。我喜歡過程，譬如數學吧，最美妙的不是答案，而是尋找答案的那個過程。』

『那你一定喜歡玩「大富翁」了。』

『也不喜歡，那個過程太沉悶了。』

『「大富翁」最好玩的地方不是買地和建房子，而是可以抽一張「命運」或「機會」的卡片。』

『你是一名賭徒。』他說。

『是的。』我說。

自小喜歡玩甚麼遊戲，也可以反映一個人的性格吧？這一刻，我才恍然明白，原來我一直都是賭徒。我把一切投注在一個人身上，輸得一敗塗地。所有的長相廝守，也是因爲遇不到第三者吧？我輸了，是我的運氣不好。

7

年近四十的傅清流，長得高瘦清，擁有一雙深邃的眼睛。我看了關於他的資料。稱霸棋壇的他，卻有一段失敗的婚姻。妻子因爲忍受不了他的世界只有圍棋，五年前，在他到日本參加比賽的前夕離家出走了。韓星宇說得對，棋王是寂寞的，他們的女人也寂寞。

傅清流很喜歡韓星宇，他們滔滔不絕的大談棋藝，我變成一個局外人，彷彿是旁觀兩位武林高手論劍。

『我們來下一盤棋吧！』傅清流跟韓星宇說。看來他技癢了。

『好的！』韓星宇也興致勃勃。

神童對棋王，將會是甚麼局面呢？

他們對弈的時候，我更是局外人了。

最後，韓星宇說：

『我輸了！』

他是怎麼輸的呢？我不明白。

『你已經很好了！』傅清流對他說。

韓星宇變得有點垂頭喪氣。

離開了傅清流住的酒店，我問韓星宇：

『你要吃些甚麼，隨便說吧！』

『改天再吃好嗎？我今天有點事要辦。』他說。

不是說不喜歡只有贏和輸的遊戲的嗎？輸了卻又那麼沮喪。雖然對方是傅清流，但是，失敗的滋味並不好受。他下棋從未輸過，不是爲了幫我做訪問，便不會嚐到失敗的滋味了，都是我不好。

那天分手之後，再沒有了他的消息，他是不是怪我呢？見不到他的時候，心裡竟然有點思念他，害怕從此以後再見不到他了，這是多麼難以解釋的感情？也許，我並不了解他，他和我距離太遠了，只是我一廂情願罷了。一切的一切，只不過是一個失戀女人太渴求愛情，愛情卻是遙不可及的。

8

『你還欠我一頓飯。』韓星宇在電話那一頭，愉悅的說。

還以爲他永遠不會再出現了。

在餐廳見面的時候，他的頭髮有點亂，鬍子也沒有刮。難道是躲起來哭過？他還沒開口，我便連忙安慰他：

『輸給傅清流，雖敗猶榮。』

『他已經讓了我很多步。』韓星宇說。

『他的年紀比你大那麼多，即使打成平手，也不算贏，輸了也不算輸。』

他笑了：『你以爲我不能接受失敗嗎？』

『你那天爲甚麼悶悶不樂？』

『我在想我哪一步棋走錯了。我終於想通了！』他說。

『眞的？』

『輸給傅清流，絕對不會慚愧。但是，我起碼應該知道自己爲甚麼輸，而且要從那局棋去了解他。他眞的是虛幻莫測。』

『你躲起來就是想這件事？』

『你以爲是甚麼？』

『喔，沒甚麼。』我想錯了。

『幾天沒有好好吃過東西了。』他開懷大嚼。

那一刻，我忽然發覺，韓星宇跟林方文很相似。他們兩個都是奇怪的人，孤獨而又感性。有人說，一個人一生尋覓的，都是同一類人，我也是這種人嗎？還是，我是被這類人愛上的人？

9

『你想不想去玩迴轉木馬？』韓星宇問。

『這麼晚了，遊樂場還沒有關門嗎？』

『我知道還有一個地方。』他說。

我們離開了餐廳，驅車前往他說的那個地方。

車子駛上了半山一條寧靜的小路。小路兩旁排列著一幢幢素淨的平房和星星點點的矮樹。路的盡頭，是一座粉白的平房。房子外面，豎著一支古老的燈。這條小路的形狀就像一把鑰匙。我們停車的地方，便是鑰匙圈。

『迴轉木馬在哪裡？』我問。

『這裡就是了。』他說。

韓星宇拉開車篷，就像打開了天幕，眼前的世界一瞬間變遼闊了。白晃晃的圓月掛在天空，抬眼是漫天的星星，我們好像坐在一輛馬車上。從唱機流轉出來的，是莫札特的〈快樂頌〉，跟我們那天在迴轉木馬上聽到的，是一樣的歌。韓星宇坐在駕駛座上，亮起了所有的燈，車子在鑰匙圈裡打轉，時而向前，時而倒退，代替了木馬的高和低。

『我常常一個人來這裡玩迴轉木馬的。』他說。

『這是你的獨角獸嗎？』我指著他雙手握著的方向盤。

『是的。』他快樂地說。

我騎在飛馬上，抬頭望著天空，問他，

『音樂會停嗎？』

『永不。』他說。

『永不？』

『嗯。』他駛前了，又倒退。

『有永遠不會停的音樂的嗎？』

『在心中便不會停。』

『汽油會用完嗎？』

『今晚不會。』

『這樣子不停的打轉，我們會暈過去嗎？』

他凝望著我，說：『永不。』

我忍不住伸手摸了摸那雙向我輝映著的眼睛，他捉住了我的手。月亮、星星、路燈和房子在迴轉，甜美的生命也在迴轉。我凝視著他那孩子氣的眼波，這個小時候每天晚上躲在被窩裡飲泣，害怕自己會死去的小男孩，有沒有想過長大之後會遇到一個來訪問他的女記者？然後，愛情召喚了他們，在她最悲傷的時候，他在她心裡亮起了希望的燈。

我掉進昏昏夜色之中，眼睛花花的。『永不，永不……』我聽到的，是夢囈還是眞實的？我們是在做夢的星球嗎？直到我醒來，發覺他在我床上，我赤身露體，被他摟抱著，呼吸著他的氣息，我才發現，我們是在醒著的星球。有生以來，我第一次意識到愛和忘記能夠同時降臨。那段日子，竟然有一天，我忘記了林方文。

Loyalty,
Love's Betrayer

最藍的一片天空

1

我抱著剛剛買的幾本書，擠在一群不相識的人中間避雨。馬路上的車子堵在一起，寸步難移，看來韓星宇要遲到了。

那個初夏的第一場雨，密密綿綿，間中還打雷，灰沉沉的天空好像快要掉到地上。一個黑影竄進來，頃刻間變成了一個人。那個人站在我身旁，怔怔的望著我。我回過頭去，看見了林方文。

我望了望他，他也望了望我。一陣沉默之後，他首先說：

『買書嗎？』

『喔，是的。』我回答。

他看著我懷裡，問：『是甚麼書？』

我突然忘記了自己買的是甚麼書。

他站在那裡，等不到答案，有點兒尷尬，大概是以爲我不想告訴他。

我從懷中那個綠色的紙袋裡拿出我買的書給他看。

『就是這幾本。』我說。

『喔——』他接過我手上的書，仔細看了一會。

我忘記了自己買的書，也許是因爲記起了另外的事情。眼前的這一場雷雨，不是似曾相識嗎？兩年前，我們站在一株老榕樹下面避雨，我問他，一九九七年六月三十日，我們會不會在一起，沒想到兩年後已經有答案了。千禧年的除夕，我們也不會一起了。爲甚麼要跟他再見呢？再見到他，往事又一一的重演如昨。猛地回頭，我才發現我們避雨的銀行外面，貼滿了葛米兒的演唱會海報。這樣的重逢，是誰的安排？

我看到那些海報的時候，林方文也看到了。在一段短暫的時光裡，我們曾經以爲自己將會與一個人長相廝守，後來，我們才知道，長相廝守是一個多麼遙不可及的幻想！

我望著車子來的方向，韓星宇甚麼時候會來呢？我既想他來，也怕他來。

『你在等人嗎？』林方文問。

我點了點頭。

良久的沉默過去之後，他終於說：

『天很灰。』

『是的。』

他抬頭望著灰色的天空，說：

『不知道哪裡的天空最藍？』

我看到了韓星宇的車子。

『我的朋友來了。』我跟林方文說。

『喔，還給你。』他匆匆把書還給我。

我爬上韓星宇的車子，身上沾滿了雨粉。

『等了很久嗎？』韓星宇握著我的手。

『不是的。』我說。

車子緩緩的離去，我在反光鏡中看到林方文變得愈來愈小了。他那張在雨中依依的臉龐，也愈來愈模糊。我的心中，流轉著他那年除夕送給我的歌。

要是有一天，你離場遠去
髮絲一揚，便足以拋卻昨日，明日
只臉龐在雨中的水澤依依；我猶在等待的
告訴我，到天地終場的時候
於一片新成的水澤，你也在等待
而那將是另外一次雨天，雨不沾衣
甚至所有的紘紘雨雨，均已忘卻

爲甚麼他好像早已經料到這一場重逢和離別，也料到了這一個雨天？

『剛才那個人是你的朋友嗎？』韓星宇問我。

『是我以前的男朋友。』我說。

他微笑著，沒有答話。

『哪裡的天空最藍？』我問。

『西藏的天空最藍，那裡離天最近。』他說。

『是嗎？』

『嗯。十歲那年的暑假，我跟爸爸媽媽一起去西藏旅行，那個天空眞藍！不知道是因爲孩子看的天空特別藍，還是西藏的天空眞的很藍。有機會的話，和你再去看一次那裡的天空。』他說。

『嗯。』我點了點頭。

哪裡的天空最藍？每個時候，每種心情，每一個人看到的，也許都會不同吧？葛米兒也許會說南太平洋的天空最藍，南極的企鵝會說是雪地上的天空最藍，鯨魚會說海裡的天空最藍。長頸鹿是地上最高的動物，離天最近，牠看到的天空都是一樣的藍吧？

那林方文看到的呢？我看到的呢？

我靠著韓星宇的肩膀說：

『你頭頂的天空最藍。』

他笑了，伸手摸了摸我的臉。他的手最暖。

反光鏡裡，是不是已經失掉了林方文的蹤影？我沒有再回望了。我已經找到了最藍的一片天空，那裡離我最近。

2

『葛米兒哭了！』

報紙娛樂版上有這樣的一條標題。

葛米兒在她第一個演唱會上哭了。那個時候，她正唱著一首名叫〈花開的方向〉的歌，唱到中途，她哭了，滿臉都是淚。

是被熱情的歌迷感動了吧？

是爲了自己的成功而哭吧？

我曾經避開去看所有關於她的消息。我不恨她，但是也不可能喜歡她。然而，漸漸地，我沒有再刻意的避開了，她已經變成一個很遙遠的人，再不能勾起我任何痛苦的回憶了。看到她的照片和偶然聽到她的歌的時候，只會覺得這是個曾經與我相識的人。我唯一還對她感到好奇的，是她屁股上是不是有一個能夠留住男人的刺青。如果有的話，那是甚麼圖案，是飛鳥還是游魚？

3

在報館的洗手間裡低下頭洗臉的時候，我看到一隻紋了萊納斯的腳踝走進來，站在我旁邊。我抬起頭來，在鏡子裡看到葛米兒。她化了很濃的妝，頭髮染成鮮艷的粉紅色，身上也穿著一條毛茸茸的粉紅色裙子。

她看見了我，臉上露出微笑，說：『剛才就想過會不會在這裡碰到你。』

看到我臉上的錯愕，她解釋說：

『我來這裡的影棚拍照。』

『喔——』

我用毛巾把臉上的水珠抹乾。

『你恨我嗎？』她突然說。

我搖了搖頭。

『我們還可以做朋友嗎？』她天真的問。

『曾經愛過同一個男人的話，是不可能的吧？』我說。

『聽說你已經有男朋友了。』

『是的。』我微笑著說。

沉默了一陣之後，她說：

『林方文還是很愛你的。』

他爲了她而背叛我，而她竟然跟我說這種話，這不是很諷刺嗎？我沒有表示任何的意見。

她眼裡閃著一顆淚珠，說：

『每次唱到那首〈花開的方向〉的時候，我就知道他最愛的人不是我。』

我怔忡了片刻。爲甚麼她要告訴我呢？我本來已經可以忘記林方文的了。

『我可以抱你一下嗎？』她說。

『爲甚麼？』我驚訝的問。

『我想抱他抱過的人。』她說。

我在她眼裡看得見那是一個善意的請求。

我沒有想過要去抱林方文抱過的女人，也沒有想過要被他抱過的女人抱。可是，那一刻，我好像也無法拒絕那樣一個卑微的懇求。

最後，一團粉紅色的東西不由分說的向我撲來，我被迫接住了。

『謝謝你讓我抱。』她說。

那顆眼淚終於掉下來了。她是一隻粉紅色的傻豹，一隻深深的愛上了人類的、可憐的傻豹。

4

我把葛米兒的唱片放在唱盤上。

聽說林方文最愛的是我，我心裡有片刻勝利的感覺。然而，勝利的感覺很快被憤怒抵消了。在我已經愛上別人的時候才來說這種話，不是很自私嗎？何況，我太知道了，他從來分不清自己的眞話和謊言。

我不是說過不會再被他感動的嗎？可是，那首〈花開的方向〉是這樣唱的：

當我懂得珍惜，你已經遠離
我不感空虛
因為空虛的土壤上將填滿懺悔，如果懺悔
還會萌芽茁長
且開出花來
那麼，花開的方向
一定是你離去的方向

忽然之間，所有悲傷都湧上了眼睛。那天在雨中重逢，他不是一直也望著我離去的方向嗎？當我消失了，他又是否向著我離去的方向懺悔？可惜，他的懺悔來得太晚了，我的心裡，已經有了另一片藍色的天空。那片天空，長不出懺悔的花。

5

『是你嗎？』他說。

在電話那一頭聽到我的聲音時，林方文顯得很雀躍。

『我聽了那首〈花開的方向〉。』我說。

他沒有作聲。

『我一點也不覺得感動。』我冷冷的說。

他也許沒有想到我會那麼冷漠，電話那一頭的他，沒有說話。

『向我懺悔的歌，爲甚麼由葛米兒唱出來！』我哽咽著罵他。

我們在電話筒裡沉默相對，如果不是仍然聽得見他的呼吸聲，我會以爲他已經不在了。

『根本你就享受自己的懺悔和內疚；並且把這些懺悔和內疚變成商品來賺錢。這首歌替你賺到不少錢吧？』我說。

『你以爲是這樣嗎？』他終於說話了。

『不管怎樣。如果你眞的懺悔的話，請你讓我過一些平靜的日子，我已經愛上別人了。』

『就是那天來接你的那個人嗎？』

『是的。』

他可悲地沉默著。

『我已經忘記你了。』我說。

最後，我掛斷了電話。

聽完那首歌之後，我本來可以甚麼也不做，爲甚麼我要打一通電話去罵他呢？是要斷絕自己的思念嗎？當我說『我已經忘記你了』的時候，孩提的日子忽爾在我心裡迴盪。

童年時，我會躺在床上，合上眼睛，假裝自己已經睡著了，並且跟爸爸媽媽說：『我已經睡著了呵！』以爲這樣便能騙倒別人。二十年後，我竟然重複著這個自欺欺人的謊言。我唯一沒有撒謊的，是我的確愛上了別人。如果不是這樣，我早已經毫不猶豫地奔向那離別的花。

6

『躺在地上看的天空特別藍。』韓星宇說。

我們躺在他家的地板上看天空。這幢位於半山的房子有一個寬大的落地窗。晴朗的早上，躺在窗子前面，能夠看到最藍的一片天空。

『這個角度是我無意中發現的。搬來這裡好一段日子了，從不知道這個天空是要躺下來看的。』他說。

天空本來是距離我們很遙遠的；然而，躺著的時候，那片蔚藍的天空彷彿就在我腳下。當我把兩隻腳掌貼在窗子上面，竟然好像貼住了天空。

我雀躍的告訴韓星宇：

『你看！我把腳印留在天空了！』

他也把腳貼在窗子上，說：

『沒想到天空上會有我們的腳印！』

『智力題——』我說。

『放馬過來！』他說。

『天空是從哪裡到哪裡？』

以爲他會說，天空的大小，是和地上的空間相對的。以爲他會說，天的盡頭，是在地平線。以爲他會說，天空在所有的屋頂上面，他卻轉過頭來，微笑著說：

『從我這裡到你那裡，便是天空。』

『記得我說過西藏的天空最藍嗎？』他說。

『嗯。』

『也許因爲那時年紀小。童年的天空，是最藍的。』

『現在呢？』

『現在的天空最近。』

四隻腳掌貼在寬大的窗广上，驟然變得很小很小，我們好像就這樣飛升到天際，而且是倒掛著走路的。我們走過的地方，白雲會把腳印撫平。

我躺在他身邊，就這樣從早晨直到黃昏，忘記了時光的流逝。落日把天空染成一片橘子紅。當夕陽沉沒了，天空又變成藍色。我在書上讀過許多關於藍色的描寫，可是，眼前的一片遼闊的藍，卻是無法描摹的。藍最深處，是帶點紅色的。我想起我在書上看過一種鳥，名叫藍極樂鳥。這種鳥的翅膀是藍色的，求偶的雄鳥會倒掛在樹枝上，把身上的藍色羽毛展成一把扇，不斷的抖動。那像寶石般的藍色羽毛，是求愛的羽毛。我看到的藍色，便是成群的藍極樂鳥展翅同飛，滑過長空，把一大片天空染成纏綿流麗的藍，那是愛的長空。

『我以前的男朋友好像仍然掛念著我。』我告訴韓星宇。

『你呢？你是不是仍然掛念著他？』

『如果我說是，你會不會生氣？』

『也許會的。』

『是的，我仍然掛念著他。你生氣嗎？』

『有一點點。』他老實地回答。

『初戀總是難忘的，正如你童年的天空。』

『我明白的。』

『你眞的生氣？』我問。

他搖了搖頭，說：『我知道，至少在今天，你沒有掛念他。』

不單單是今天，跟韓星宇一起的許多天，我也忘記了林方文。一個人靜下來的時候，才又會被思念苦苦的折磨。

『如果不是你，我也許沒有勇氣不回去。』

『我是障礙嗎？』

『不。你讓我看到了另一片天空，更遼闊的天空。』我說。

『肚子餓嗎？』他問，『我們已經躺在這裡很久了。』

『很餓呢。』我說。

『冰箱裡有 Cannelé ，冰了的 Cannelé 更好吃。』

『我不吃。』

『那你想吃甚麼？』

我趴到他的胸膛上，說：

『我要吃掉你！』

『我還沒有拿去冰鎮。』他說。

『我就是要吃暖的！』

長天在我背後，溫柔了整個夜室。我在他心裡，找到了最藍的天空。我俯吻著他濕潤的頭髮，他嗷嗷地吮吸我的奶子，一瞬之間，我忽然明白了，萬物有時，離別有時，相愛有時。花開花落，有自己的時鐘；鳥獸蟲魚，也有感應時間的功能。懷抱有時，惜別有時，如果永遠不肯忘記過去，如果一直也戀戀不捨，那是永遠看不見晴空的。回去林方文的身邊，不過是把大限延遲一點；延遲一點，也還是要完的。難道，在我短暫的生命裡，還要守候著一段千瘡百孔的愛情嗎？

我躺在韓星宇的身體下面，看到了愛的長空。我怎麼能夠否定這種愛呢？思念，不過是習慣。直到夜深，當我在他身畔悠悠醒來，他仍然握著我的手，深深的熟睡了。爲甚麼天好像不會黑的？成群的藍極樂鳥忘記了回家，留下了無法稀釋的藍，纏綿如舊。

當我醒過來，已經是天亮了。藍極樂鳥回家了，飛過之處，留下了一片淡淡的藍，盪進清晨的房子裡。

韓星宇張開眼睛，說：『我們竟然躺了這麼久。』

『昨天晚上，你睡著的時候，天空還是藍色的。』我說。

『是嗎？』他悠然問我。

那是我見過的，最藍的天空；是我心裡的天空。

7

『我很愛他！』

娛樂版上，我看到了這樣的一條標題。以為又是葛米兒的愛的宣言；然而，照片裡的她，卻哭得眼睛和鼻子皺在一起，只剩下一張大嘴巴。她向記者承認，她和林方文分手了。她沒有說為甚麼，只是楚楚可憐的說，她仍然愛著他。

記者問：『你還會找他寫歌詞嗎？』

葛米兒說：『我們仍然是好朋友。』

這是林方文要向我傳達的信息嗎？

可惜，我已經不是那個永遠守候的人了。

8

夜裡，我站在陽台上，無意中看到了林方文的藍色小轎車在下面駛過。他來幹甚麼呢？以爲他來找我，他的車子卻並沒有停下來。隔了一會，他又回來了，依然沒有停車。漫長的晚上，他的車子在樓下盤桓；最後，失去了蹤影。他到底想幹甚麼？許多個晚上，他都是這樣，車子緩緩的駛過，離開，又回來。漸漸地，當我一個人在家裡的時候，我會走出去看看他是不是又來了。他這個可惡的人，他成功了。

我穿上鞋子衝到樓下去。當他的車子再一次駛來，他看見了我。他停了車，從車上走下來，面上帶著微笑。

『你在這裡幹甚麼？』我說。

他沒有回答。

『你這是甚麼意思?』

他尷尬的說:『我只是偶然經過這裡。』

『每晚在這裡經過,眞的是偶然嗎?』我吼問他。

終於,他說:『我們可以重新開始嗎?』

『你知道你像甚麼嗎?你像一隻做了錯事的小狗,蹲在我面前搖尾乞憐,想我再抱你。你一向都是這樣的。』

『你可以回來嗎?』他說。

『你以爲我還愛你嗎?』我的聲音在顫抖。

他沉默著。

『林方文,你最愛的只有你自己。』我哽咽著說。

他慘然地笑笑。

『我希望我還是以前的我，相信人是會改變的。可惜，我已經不是以前的我。林方文，如果你愛我，請你給我一個機會重生。』我流著淚說。

他內疚的說：『你不要這樣。』

我哭著說：『有些人分手之後可以做朋友，我不知道他們是怎樣做到的。但是，我做不到，我不想再見到你。』

『我知道了。』他淒然說。

我在身上找不到抹眼淚的紙手巾，他把他的手絹給了我，說：

『保重了。』

他頹唐地上了車，車子緩緩的開走了。離別的方向，開出了漫天懺悔的花。他不是來找我的，他是來憑弔的，就好像我當天在葛米兒的房子外面憑弔一段消逝了的愛。我們何其相似？只是，我已經明白了，花開花落，總有時序。

9

『只有雙手才能夠做出愛的味道。』余平志的媽媽說。

我在她的廚房裡，跟她學做巧克力餅乾。這位活潑友善、酷愛烹飪的主婦告訴我，用電動攪拌機雖然方便很多；然而，想要做出最鬆脆的餅乾，還得靠自己一雙靈巧的手，把牛油攪拌成白色。要把糖粉和牛油攪成白色，那的確很累。我一面攪一面望著盤子裡的牛油，它甚麼時候才肯變成白色呢？

『要我幫忙嗎？』余媽媽問。

『不用了，讓我自己來就可以。』我說。

『是做給男朋友吃的嗎？』

『嗯！他八歲那年吃過一生難忘的巧克力餅乾，我不知道可不可以做出那種味道。』

『回憶裡的味道，是很難在以後的日子裡重遇的。』

『是的，我也擔心——』

她一邊把雞蛋打進我的盤子裡一邊說：

『但是，你可以創造另一段回憶。』

『我怎麼沒想到呢？我眞笨！』我慚愧地說。

她笑著說：

『不是我比你聰明，而是我年紀比你大，有比你更多的回憶。』

『伯母，你爲甚麼喜歡烹飪？』

『因爲想爲心愛的人下廚。』她回答說。

『這是最好的理由呀！』我說。

『人生大部分的故事，都是由餐桌開始的。』她說，『每個人的回憶裡，至少也有一段回憶是關於食物的。』

我微笑著說：『是的。』

『烹飪也像人生，起初總是追求燦爛，後來才發現最好的味道是淡泊之中的美味。』

『這是很難做得到的呀！』我說。

『因爲在你這個年紀，還是喜歡追求燦爛的。』

我們把做好的巧克力麵糊擠在烘盤上，放進烤箱裡。

余媽媽說：『余平志的爸爸也很喜歡吃東西，他是美食家！我們每年都會到外地旅行，去一些從來未去過的餐廳吃飯。你見過餐桌旁邊有迴轉木馬的餐廳沒有？』

我驚訝的問：『在哪裡？』

『在法國的布列塔尼，我們十年前去過。餐廳的名字就叫「布列塔尼」。餐廳的整座圍牆，給綠色的葡萄葉覆蓋著。十九世紀時，那裡原本是郵局。餐廳的東主是一對很可愛的夫婦。餐廳裡，掛滿了男主人畫的抽象畫，木馬從天花板懸吊下來。你能想像這家像童話世界一樣，洋溢著歡笑的餐廳嗎？』她說得手舞足蹈。

我的心裡，有無限神往。

『那天是我們的結婚紀念日，那是一頓畢生難以忘懷的晚餐。可惜，我們的照相機壞了，沒有拍下照片。』她臉上帶著遺憾。

我倒是相信，正因爲沒有拍下照片，沒法在以後的日子裡從照片中去回味，那個回憶反而更悠長。大部分的離別和重逢，我們都沒有用照相機拍下來；然而，在餘生裡，卻鮮明如昨。

朱迪之、沈光蕙和余平志走了進來，問：

『餅乾做好了沒有？』

余媽媽把餅乾從烤箱裡拿了出來，吃了一口，說：

『攪牛油的工夫不夠，還要回去多練習一下呢！』

『是愛心不夠吧？』朱迪之說。

『哪裡是呀！』我說。

『伯母，我也要學。』她嚷著說。

我在她耳邊問：『是做給陳祺正吃的呢？還是做給孟傳因吃？』

『兩個都吃！』她推了我一下。

10

『還是兩個都愛嗎？』

回家的路上，我問朱迪之。

『嗯。』她重重的點頭。

『眞的不明白你是怎樣做到的。』

『我是「背叛之友會」的嘛！背叛是我的特長。』她說。

我笑了：『被背叛是我的特長。』

『眞的愛韓星宇嗎？』她問。

這一次，輪到我重重的點頭。

『林方文眞可憐呵！』她說。

『爲甚麼竟然會同情他呢！』

『是你說的，我和他是同志。我了解他。』

『我也了解他，他最愛的是自己。』

『我也是。或者，當我沒有那麼愛自己的時候，我才會願意只愛一個人。』

『愛兩個人，不累的嗎？』

『啊！太累了！每個月，我也會擔心，萬一有了孩子，那到底是誰的孩子呢？那個時候，我會很看不起自己。』

『所以，男人可以同時愛很多女人，他們沒有這種顧慮。』我說。

『你相信愛情嗎？』她問。

『爲甚麼不相信呢？』

『我愈來愈不相信了。』

『不相信，也可以愛兩個人？』

『就是愛著兩個人，才會不相信。我那麼愛一個人，也可以背叛他，愛情還有甚麼信譽？』

『是你的愛情特別沒有信譽啊！』

『也許是吧！每次愛上一個人，我都會想，當那段最甜蜜的日子過去之後，又會變成怎樣呢？我們還不是會遺忘？遺忘了自己曾經多麼愛一個人。』

『直至你們老得再沒法背叛別人，你們才不會背叛。』

『或者，我們是在尋找最愛。』

『你們已經找到了，那就是你們自己。』

『難道你不愛自己嗎？』

『我沒那麼愛自己。』我說。

『希望別人永遠愛你，對你忠心不二，難道不是因爲你愛自己嗎？』

一瞬之間，我沒法回答。直到我們在鬧市中分手，我看著她湮沒在人群裡，我仍然沒法說出一句話。對愛和忠誠的渴求，原來是因爲我太愛自己嗎？我總是責怪林方文太愛自己；然而，在他心裡，我何嘗不是一樣？我用愛去束縛他，甚至希望他比現在年老，那麼，他便永遠屬於我。我終於知道林方文爲甚麼背叛我了，他沒法承受這種愛。我們都太愛自己了，兩個太愛自己的人，是沒法長相廝守的。當我們頓悟了自己的自私，在以後的日子裡，也只能夠愛另一個人愛得好一點。

11

崇光百貨地下樓的那家麵包店已經差不多打烊了，我拿了最後的兩個 Cannelé 去付錢。

『可以告訴我，這種蛋糕是怎麼做的嗎？』我問櫃台負責收錢的老先生。

這個會說中國話的日本人說：

『你要問麵包師，只有他會做。』

那位年輕的日本籍麵包師已經換了衣服，腋下夾著一份報紙，正要離開。

『可以告訴我，Cannelé 是怎麼做的嗎？』我問他。

『秘方是不能外洩的。』他說。

我拿出一張名片給他，說：『我是記者，想介紹你們這個甜點。』

『這是公司的規定，絕對不能說。』他冷傲得像日本劍客，死也不肯把自己懷中的秘笈交出來。

『經過報紙介紹，會更受歡迎的。』我努力說服他。

『不可以。』他說罷走上了電扶梯。

我沿著電扶梯追上去，用激將法對付他。

『是不是這個甜點很容易做，你怕別人做得比你好？』

他不為所動，回過頭來跟我說：

『小姐，這裡只有我會做這個甜點，你說甚麼也沒用。』

他離開百貨公司，走進了一家唱片店，我跟在他後頭。

『請你告訴我好嗎？』我說。

『小姐，請你不要再跟著我。香港的女孩子，都是這樣的嗎？』

『不，只有我特別厚臉皮。老實告訴你，我想做給我喜歡的人吃，我答應你，絕對不會寫出來，可以嗎？』

他望了望我，繼續看唱片。

本來是想做巧克力餅乾給韓星宇吃的；余平志的媽媽說得對，創造另一段回憶，也許更美好一些。我沒有看過韓星宇童年所看的天空，也沒吃過他童年時吃的餅乾，我何以那麼貪婪，想用自己做的餅乾來取代他的回憶呢？朱迪之說得對，我也是很愛自己的。

我看見那位麵包師揀了一張葛米兒的唱片。

『你喜歡聽她的歌嗎？』我問。

他笑得很燦爛：『我太喜歡了！』

我一時情急，告訴他：

『我認識她。我可以拿到她的簽名，只要你告訴我 Cannelé 的作法。』

他望了望我，終於問：

『眞的？』

12

葛米兒在電話那一頭聽到我的聲音時，有點驚訝，她也許沒想過會是我吧？

『不知道你可不可以幫我一個忙呢？』我說。

她爽快地答應了。我們在咖啡室裡見面，她帶來了一張有她簽名的海報。

『那個人是你的朋友嗎？』她問。

『他是一位麵包師，是你的歌迷。我有求於他，所以要用你的簽名去交換。』

『這樣幫到你嗎？』

『已經可以了。』我說。

她脫下外套，外套裡面，是一件深藍色的、長袖的棉衣，上面印有香港大學的校徽，領口有個破洞。這件棉衣，不是似曾相識嗎？看見我盯著她身上的棉衣，葛米兒說：

『這件舊棉衣是我從林方文那裡偷偷拿走的。穿著他穿過的衣服，那麼，雖然分開了，卻好像仍然跟他一起，是不是很傻？』

斐濟人都是這樣的嗎？威威跟葛米兒分手的時候，吃了莫札特，讓牠長留在他身上。幸好，葛米兒比威威文明一點，她沒有吃掉林方文。

『你們還有見面嗎？』我問。

『我們仍然是工作的夥伴，也是好朋友。』然後，她問我：『你會回去嗎？』

『不會了，我已經有了我愛的人。』我說。

『我不了解他。』她淒然說。

『男人不是用來被了解的。』

『是用來愛的？』她天真的問。

『是用來了解我們自己的。』我說。

我終於用葛米兒的海報換到了 Cannelé 的秘密。它的外皮，因為顏色像老虎身上的斑紋，所以又叫作虎皮。這層外皮是要用雞蛋、牛油、麵粉和砂糖做的。至於裡面的餡料，是用乳蛋糕粉做的。乳蛋糕粉與玉桂、白蘭地和牛奶的分量，也得靠經驗去調配。對於從來沒有做過蛋糕的人，那是一個很複雜的程序。想要做兩、三次便成功，更是天方夜譚。

當我重複在家裡做那個蛋糕的時候，我一次又一次的問自己，我找葛米兒，到底是因為我想得到做那個蛋糕的方法，還是我想從她口中知道一點點林方文的消息？

葛米兒回去之後，會告訴林方文，我已經有所愛的人了。我就是想她這樣做嗎？我們因為她而分開，到頭來，她卻成為了飛翔在我們之間的信鴿，傳遞著別後的音訊。

夜裡，我把那個風景水晶球從抽屜裡拿出來，放到床邊。我再不害怕看見它了。水波之中，心底深處，飄浮著的，是一段難以忘懷的回憶。

13

『好吃嗎？』我問韓星宇。

他吃著我親手做的 Cannelé。

『是在崇光買的嗎？』

『是我做的。』

『不可能。』他一副不相信的樣子。

『眞的！我嘗試了很多遍才做到的。』我把他拉到廚房去，讓他看看剩下來的材料。

我沒騙他，我已經不知道想過放棄多少次了，因爲是爲了自己所愛的人而做，才能夠堅持下去。

『怪不得味道有一點不同。』他說。

『哪一個比較好吃？』

『如果說你做的比較好吃，你會不相信。可是，如果說麵包店做的比較好吃，你又會不高興。這是智力題啊！』

『那麼，答案呢？』

『我會說你做的比較好吃。』

『爲甚麼？』

『這樣有鼓勵作用，下一次，你會進步。終於有一天，你會做得比麵包店裡的好。』

『呵！其實你已經有答案了！』

他抱著我，說：

『我喜歡吃。』

『對你來說，會不會是纖巧克力餅乾之後，最難忘的美食回憶？』

『比巧克力餅乾更難忘。』

『不是說回憶裡的味道是無法重尋的嗎？』

『可是，也沒有第二個你。』他說。

我想起他和傅清流下的那一盤圍棋，在我還不知道發生甚麼事的時候，勝負已經定了。我們的愛情也是這樣嗎？不知道甚麼時候開始，已經成爲了相依的人，已經沒法找到另一個了。回憶是不可以代替的，人也不可以代替。然而，舊的思念會被新的愛情永遠代替。

『你去過法國的布列塔尼嗎？』我問。

『沒有，但是，我有一個美國同學娶了一位法國女士，他們就住在布列塔尼，聽說那是個美麗的城市。』

『你見過有迴轉木馬的餐廳嗎？』

『沒見過。』

『布列塔尼有一家有迴轉木馬的餐廳。聽說，木馬就在餐桌的旁邊。』

他興奮的問：『眞的？』

『聖誕節的時候，我們可以到那裡去嗎？』

『好的，我安排一下。』

『你眞的可以走開？』

『爲甚麼不可以呢？聖誕節，大家都放假。我們還可以在布列塔尼過除夕。』

我就是想在那裡過除夕嗎？對於除夕之歌的思念，也將由布列塔尼的迴轉木馬取代。

14

沈光蕙哭得肝腸寸斷。我沒想過她會哭，她不是很想老文康死掉的嗎？如果還要爲他的死許願的話，她巴不得他是掉在一個糞池裡溺死的。然而，當她從校友通訊裡看到老文康病死的消息，她卻哭了。

她縮在床上，用床單捲著自己，我和朱迪之坐在旁邊，不知道該說些甚麼好。是安慰她呢？還是恭喜她如願以償呢？

『你不是很想他死的嗎？』朱迪之問。

『是的，我想他死！』沈光蕙一邊擤鼻涕一邊說。

『那爲甚麼哭？』我說。

她抹乾眼淚，說：『不知道爲甚麼，我竟然覺得傷心，我竟然掛念他。』

『他是個壞蛋，不値得你爲他哭。』我說。

『我知道。這些年來，我一直恨他。可是，當他死了，我卻又懷疑，他是不是也曾經愛過我的。』

『當然沒有！』朱迪之殘忍的說。

我說不出那樣的話。我們以爲自己恨一個人，到頭來，卻發現自己是愛過對方的。那是多麼悲涼的事情？我終於明白了沈光蕙爲甚麼從來好像只愛自己而不會愛別人。在她年少青澀的歲月裡，那段畸戀把她徹底的毀了，她沒辦法再相信任何人。她愛著那個卑微和受傷的自己，也恨那樣的自己。她努力否認自己愛過那個無恥的男人；然而，當他不在了，她才知道自己也曾經深深地愛過這個人。愛情有多麼的善良和高尚？卻不一定聰明。恨裡面，有沒法解釋的、幽暗的愛。

我恨林方文嗎？我已經沒那麼恨了。是否我也沒那麼愛他了？

15

午後的陽光，溫煦了西貢的每一株綠樹，我坐在採訪車上，司機把車子停在路邊，等我的同事。馬路的對面，停了一輛藍色的小轎車，就在潛水用品店的外面。那不是林方文的車子嗎？

他從潛水店裡走出來，頭上戴著鴨舌帽，肩膀上扛著一袋沉重的東西。他把那袋東西放到車上，又從車廂裡拿出一瓶水，挨在車子旁邊喝水。

他看不見我，也不知道我在看他。以爲他會在家裡哀傷流淚嗎？以爲他會爲我自暴自棄嗎？他還不是尋常地生活？不久的將來，他也許會愛上另一個女人；新的回憶，會蓋過舊的思念。

我躲在車上，久久的望著他，努力從他身上搜索關於我的痕跡；突然，我發現是那頂鴨舌帽。我們相識的那年，他不是常常戴著一頂鴨舌帽嗎？一切一切，又回到那些日子，好像我們從來沒有相識過。他抬頭望著天空，還是在想哪裡的天空最藍嗎？

我很想走過去跟他說些甚麼，我卻怯場了。

我們相隔著樹和車，相隔著一條馬路和一片長空，卻好像隔著永不相見的距離。

最後，林方文坐到駕駛座上，我的同事也上車了。

『對不起，要你等。』我的女同事說。

『沒關係。』我說。

『已經是深秋了，天氣還是這麼熱。』她說。

我的臉貼著窗，隔著永不相見的距離，穿過了那輛藍色小轎車的窗子，重疊在他的臉上，片刻已是永恆。他發動引擎，把車子駛離了潛水店，我們的車子也向前走，走上了和他相反的路。所有的重逢，都是這麼遙遠的嗎？

16

『要出發了。』韓星宇催促我。

我們在布列塔尼的酒店房間裡，他的外國朋友正開車前來，接我們去『布列塔尼』餐廳慶祝除夕。他們並且訂到了木馬旁邊的餐桌。

『我在大堂等你。』韓星宇先出去了。

我站在鏡子前面，扣完了最後一顆鈕扣。我的新生活要開始了。

房間裡的電話響起來，韓星宇又來催我嗎？我拿起電話筒，是朱迪之的聲音。

『是程韻嗎？』

了。

『迪之，新年快樂！』我說。香港的時間，走得比法國快，他們應該已經慶祝過除夕

『林方文出了事。』沉重的語調。

『出了甚麼事？』我的心，忽然荒涼起來。

『他在斐濟潛水的時候失蹤了，救援人員正在搜索，已經搜索了六個小時，葛米兒要我告訴你。』她說著說著哭了，似乎林方文是凶多吉少的。

怎麼可能呢？我在不久之前還見過他？

『他們已經作了最壞的打算。』她在電話那一頭抽泣。

『爲甚麼要告訴我呢？我和他已經沒有任何的關係了。我現在要出去吃飯，要慶祝除夕呢！』我用顫抖著的手把電話掛斷。我望著那部電話，它是根本沒有響過的吧？我關掉了房間裡的吊燈，逃離了那個黑暗的世界。韓星宇在大堂等著我。

『你今天很漂亮。』他說。

『我們是在做夢的星球嗎？』我問。

『是的。』他回答說。

那太好了！一切都是夢。

我爬上那輛雪鐵龍轎車，向著我的除夕之夜出發。

『你在發抖，你沒事吧？』韓星宇握著我的手問。

『我沒事。』我的臉貼著窗，卻再也不能跟林方文的臉重疊。

韓星宇把自己的外套脫下來，披在我身上。

『布列塔尼又名叫「海的國度」，三百多年前，這裡是海盜出沒的地方。』韓星宇的法國朋友蘇珊說。

我想知道，在海上失蹤六個小時，還能夠活著浮上來嗎？

『今晚會放煙花！』蘇珊雀躍的告訴我們。

我和林方文不是曾經戲言，要是他化作飛灰，我要把他射到天空上去的嗎？

出發來布列塔尼之前，我收到了林方文寄來的包裹，裡面有一封信和一張唱片。

程韻：

曾經以為，所有的告別，都是美麗的。

我們相擁著痛哭，我們互相祝福，在人生以後的歲月裡，永遠彼此懷念，思憶常存。然而，現實的告別，卻粗糙許多。

你說的對，也許，我真正愛的，只有我自己。我從來不懂得愛你和珍惜你，我也沒有資格要求你回來。

答應過你，每年除夕，都會送你除夕之歌。你說你永遠不想再見到我；那麼，我只好在你以後的人生裡缺席。這是提早送給你的除夕之歌，也是最後一首了。願我愛的人活在幸福裡。

林方文

我和韓星宇來到了『布列塔尼』餐廳，那是個夢境一般的世界。那首除夕之歌，卻爲甚麼好像是一首預先寫下的輓歌？

離別和重逢，早不是我們難捨的話題；褥子上，繁花已開
開到荼蘼，到底來生還有我們的花季；今夜，星垂床畔
你就伴我漂過這最後一段水程
了卻塵緣牽繫

我要的是除夕之歌，甚麼時候，他擅自把歌改成了遺言？我不要這樣的歌，我要從前的每一個除夕。上一次的告別太粗糙了，我們還要來一次圓滿的告別，他不能就這樣離開。

餐桌旁，燈影搖曳，木馬從高高的天花板上垂吊下來，那木馬卻是不能迴轉的木馬。

有沒有永不終場的戲？有沒有永不消逝的生命？

願我愛的人隨水漂流到我的身畔，依然鮮活如昨。

張小嫻作品16

流波上的舞

三個人的愛情無法永恆，但這段短暫的寂寞時光裡，只有他和她。他沒有跳過別離的舞，她又何嘗跳過？

他摟著她的腰，每一步都是沉重而緩慢的，好像是故意的延緩。所謂人生最好的相逢，總是難免要分離。用一支舞來別離，遠遠勝過用淚水來別離……

定價：180元

張小嫻作品15

幸福の魚面頰

我喜歡的人總會把魚面頰留給我，我不知道吃多了魚面頰，是否眞如傳言會變得漂亮，只知道和他在一起時，這鮮美的滋味一定是我獨享的……直到我再也吃不到愛人親手餵我的好吃的魚面頰，才恍然明白自己是如何的受到寵愛……

定價：180元

張小嫻作品14

不如，你送我一場春雨

小嫻說：適當的距離和適當的情人一樣難求——
假如距離太近，兩人終究會令對方無法呼吸；假如距離太遠，回憶仍無法拯救愛於寂寞、孤單和引誘。
就像一個曾經愛你的人，忽然變得很遙遠，咫尺之隔，已成了天涯……
定價：180元

張小嫻作品13

雪地裡的天使蛋捲

愛好自由的李澄，遇上一生只想守候一個男人的阿棗。他愛她，但是不想失去自我，因爲當你面對一個很愛你的女人，除了幸福，還得背負她的期望，很重。他更不想許下阿棗很想聽到，但他不知自己能不能做到的承諾……
定價：180元

國家圖書館出版品預行編目資料

麵包樹出走了/張小嫻著；－－ 初版．
臺北市；皇冠，2000【民89】
面； 公分，－－(皇冠叢書；第3039種)
(張小嫻作品；19)
ISBN 957-33-1739-7 (平裝)

857.7 89011583

皇冠叢書第3039種
張小嫻作品19
麵包樹出走了

作　　者—張小嫻
發 行 人—平鑫濤
出版發行—皇冠文化出版有限公司
台北市敦化北路120巷50號
電話◎2716-8888
郵撥帳號◎1526151～6號
香港星馬—皇冠出版社(香港)有限公司
總 代 理　香港灣仔告士打道80號16樓
電話◎2529-1778　傳真◎2527-0904
總 編 輯—盧春旭
責任編輯—謝晴　美術設計—吳鳳玲
校　　對—鮑秀珍・張永珍・高嘉婕・謝晴・連秋香

著作完成日期—1999年7月
初版一刷日期—2000年9月4日

法律顧問—蕭雄淋律師、王惠光律師

讀者服務傳真專線◎02-27150507
皇冠文化集團網址◎http://www.crown.com.tw
電腦編號◎379019
國際書碼◎ISBN 957-33-1739-7
Printed in Taiwan
本書定價◎新台幣 180元